U0667597

多余的话

瞿秋白精品文集

瞿秋白 著

DUOYU DE HUA
QUQIUBAI JINGPIN WENJI

时代 成都时代出版社
CHENGDU TIMES PRESS

图书在版编目(CIP)数据

多余的话:瞿秋白精品文集 / 瞿秋白著. —成都:
成都时代出版社,2014.1(2018.8重印)
(青少年校园精品读物)
ISBN 978－7－5464－0798－2

Ⅰ.①多… Ⅱ.①瞿… Ⅲ.①散文集－中国－现代②
随笔－作品集－中国－现代 Ⅳ.①I266

中国版本图书馆 CIP 数据核字(2012)第 297545 号

多余的话：瞿秋白精品文集
DUOYU DE HUA；QUQIUBAI JINGPIN WENJI

瞿秋白　著

出 品 人　石碧川
责任编辑　陈余齐
责任校对　李　航
装帧设计　红十月工作室
责任印制　唐莹莹
出版发行　成都时代出版社
电　　话　(028)86621237(编辑部)
　　　　　(028)86615250(发行部)
网　　址　www.chengdusd.com
印　　刷　北京一鑫印务有限责任公司
规　　格　690mm×960mm　1/16
印　　张　12
字　　数　190 千
版　　次　2014 年 1 月第 1 版
印　　次　2018 年 8 月第 3 次印刷
书　　号　ISBN 978－7－5464－0798－2
定　　价　29.80 元

前言

QIANYAN

　　翻开一个国家或民族的文学史，不难发现，一部好的文学作品，往往也浸润着作品背后那位作家满怀的民族情感，这也可以说是一部经典著作字里行间所折射出的爱国情怀。

　　在中国文学史上，向来不缺乏这类作家作品，比如瞿秋白。

　　瞿秋白，(1899—1935)，江苏常州人，散文作家、文学评论家。他曾两度担任中国共产党最高领导人，是中国共产党早期主要领导人之一，马克思主义者，无产阶级革命家、理论家和宣传家，中国革命文学事业的重要奠基者之一。上海大学原教务长兼社会学系主任，在国共合作的背景下，把上海大学建设成为南方的新文化运动中心，为中国人民的解放事业和民族振兴输送了一大批栋梁之才。1935 年 2 月在福建长汀县被国民党军逮捕，同年 6 月 18 日慷慨就义，时年 36 岁。

　　或许有人说，文学需要时间的积淀，只有饱经沧桑，才能书写出有内涵与感悟的文字，然而瞿秋白这英年早逝的爱国男儿，却用不一样的事实向世人展示了一个令人无法不有所触动的真相。

　　爱国热情、民族大义，当沸腾的热血与默默的文字融合，注定会谱写出一部难忘的作品。于是我们怀着一份崇敬翻开瞿秋白的著作，在他的文字里去感悟……

目录
CONTENTS

1

关于女人

国难期间女人似乎也特别受难些。一些正人君子责备女人爱奢侈，不肯光顾国货。就是跳舞，肉感等等，凡是和女性有关的，都成了罪状。仿佛男人都成了苦行和尚，女人都进了修道院，国难就得救了似的。

其实那不是她的罪状，正是她的可怜。这社会制度，把她挤成了各种各式的奴隶，还要把种种罪名加在她头上。西汉末年，女人的眉毛画得歪歪斜斜，也说是败亡的预兆。其实亡汉的何尝是女人！总之，只要看有人出来唉声叹气的不满意女人，我们就知道高等阶级的地位有些不妙了。

奢侈和淫靡只是一种社会崩溃腐化的现象，决不是原因。私有制度的社会本来把女人也当做私产，当做商品。一切国家，一切宗教，都有许多稀奇古怪的规条，把女人当做什么不吉利的动物，威吓她，要她奴隶般的服从；同时又要她做高等阶级的玩具。正像正人君子骂女人奢侈，板着面孔维持风化，而同时正在偷偷地欣赏肉感的大腿文化。

阿拉伯一个古诗人说："地上的天堂是在圣贤的经典里，在马背上，在女人的胸脯上。"这句话倒是老实的供状。

自然，各种各式的卖淫总有女人的份。然而买卖是双方的。没有买淫的嫖男，那里会有卖淫的娼女。所以问题还在卖淫的社会根源。这根源存在一天，淫靡和奢侈就一天不会消灭。女人的奢侈是怎么回事？男人是私有主，女人自己也不过是男人的所有品。她也许因此而变成了"败家精"。她爱惜家财的心要比较的差些。而现在,卖淫的机会那么多,家庭里的女人直觉地感觉到自己地位的危险。民国初年就听说上海的时髦总是从长三堂子传到姨太太之流,从姨太太之流再传到少奶奶,太太,小姐。这些"人家人"要和娼妓竞争——极大多数是不自觉的,——自然,她们就要竭力的修饰自己的身体,修饰拉得住男子的心的一切。这修饰的代价是很贵的,而且一天天的贵起来,不但是物质的代价,还是精神上的。

美国的一个百万富翁说:"我们不怕……我们的老婆就要使我们破产,较工人来没收我们的财产要早得多呢,工人他们是来不及的了。"而中国也许是为着要使工人"来不及",所以高等华人的男女这样赶紧的浪费着,享用着,畅快着,哪里还管得到国货不国货,风化不风化。然而口头上是必须维持风化,提倡节俭的。

人才易得

前几年,大观园里的压轴戏是刘姥姥骂山门。那是要老旦出场的,老气横秋的大"放"一通,直到裤子后穿而后止。当时指着手无寸铁或者已经缴械的小百姓,大喊"杀,杀,杀!"那呼声是多么雄壮呵。所以它——男角扮的老婆婆,也可以算是一个人才。

现在时世大不同了,手里杀杀杀,而嘴里却需要"自由,自由,自由","开放政权"云云。压轴戏要换了。

于是人才辈出,各有巧妙不同。出场的不是老旦,而是花旦了;而且这不是平常的花旦,而是海派戏广告上所说的"玩笑旦"。这是一种特殊的人物,他(她)要会媚笑,又要会撒泼,要会打情骂俏,又要会油腔滑调。总之,这是花旦而兼小丑的角色。不知道是时势造英雄(还是说"美人"妥当些),还是美人儿多年阅历的结果,练出了这一套拿手好戏?

美人儿而说"多年",自然是阅人多矣的徐娘了,她早已从窑姐儿升任了老鸨婆;然而她风韵犹存,虽在卖人,还兼自卖。自卖容易,卖人就难些。现在不但有手无寸铁的小百姓,不但!况且又遇见了太露骨的强奸……要会应付这种非常之变,就非有非常之才不可。你想想:现在压轴戏是要似战似和,又战又和,不降不守,亦降亦守——这是多么难做的戏。没有半推半就,假作娇痴的手段是做不好的。孟夫子说:"以天下与人易。"其实,能够简单的双手捧着"天下"去"与人",倒不为难了。问题就在于不能如此。所以就要一把眼泪一把鼻涕,哭哭啼啼而又刁声浪气地诉苦说："我不入火坑,谁入火坑?"

然而娼妓说她落在火坑里,还是想人家去救她出来;老鸨婆哭火坑,就没有人相信她,何况她已经申明:她是敞开了怀抱,准备把一切人都拖进火坑去的。虽然,这玩笑却开得不差,不是非常之才,就使挖空了心思也想不出的。

老旦进场,玩笑旦出场,大观园的人才着实不少!

呜呼,以天下与人虽然大不易,而为天下得人,却似乎不难。

儿时

狂胪文献耗中年,亦是今生后起缘;

猛忆儿时心力异:一灯红接混茫前。

生命没有寄托的人,青年时代和"儿时"对他格外宝贵。这种罗曼蒂克的回忆其实并不是发见了"儿时"的真正了不得,而是感觉到"中年"以后的衰退。本来,生命只有一次,对于谁都是宝贵的。但是,假使他的生命溶化在大众的里面,假使他天天在为这世界干些什么,那么,他总在生长,虽然衰老病死仍旧是逃避不了,然而他的事业——大众的事业是不死的,他会领略到"永久的青年"。而"浮生如梦"的人,从这世界里拿去的很多,而给这世界的却很少,——他总有一天会觉得疲乏的死亡:他连拿都没有力量了。衰老和无能的悲哀,像铅一样的沉重,压在他的心头。青春是多么短呵!

"儿时"的可爱是无知。那时候,件件都是"知",你每天可以做大科学家和大哲学家,每天在发见什么新的现象,新的真理。现在呢?"什么"都已经知道了,熟悉了,每一个人的脸都已经看厌了。宇宙和社会是那么陈旧,无味,虽则它们其实比"儿时"新鲜得多了。我于是想念"儿时",祷告"儿时"。

不能够前进的时候,就愿意退后几步,替自己恢复已经走过的前途。请求"无知"回来,给我求知的快乐。可怕呵,这生命的"停止"。

过去的始终过去了,未来的还是未来。究竟感慨些什么——我问自己。

中国文与中国人

最近出版了一本很好的书:高本汉著的《中国语和中国文》。高本汉先生是个瑞典人,他的真姓是珂罗倔伦。他为什么"贵姓"高?那无疑的是因为中国化了。他的确是个了不得的"支那学家",中国语文学的权威。

但是,他对于中国人,却似乎也有深刻的研究。

他说:"近来某几种报纸,曾经试用白话,按高氏这书是一九二三年在伦敦出版的,——可是并没有多大的成功;因此,也许还要触怒了多数订报的人,以为这样,就是讽示着他们不能看懂文言报呢!"

"西洋各国里有许多伶人,在他们表演中,他们几乎随时可以插入许多"打诨",也有许多作者,滥引文书;但是大家都认为这种是劣等的风味。这在中国恰好相反,正认为高妙文雅而表示绝艺的地方。"

中国文的"含混的地方,中国人不但不因之感受了困难,反而愿意养成它……"

于是这位"支那学专家"就不免要"中国化"起来。他在中国大概受够了侮辱。"本书的著者和亲爱的中国人谈话,所说给他的,很能完全了解;可是,他们彼此谈话的时候,他几乎一句话也不懂。"这自然是那些"亲爱的中国人"在"讽示"他不懂"上流社会的"话。因为"外国人到了中国去,只要注意一点,他就可以觉得:他自己虽然已经熟悉了普通人的语言,而对于上流社会的谈话,仍是莫名其妙的"。(例如"一个中国的雅人"回答高先生问他多大年纪,就说了一句

"而立"。幸而高先生在《论语》上查着这个古典。）

于是"支那学专家"就说："中国文字好像一个美丽可爱的贵妇,西洋文字好像一个有用而不美的贱婢。"

美丽可爱而无用的贵妇的"绝艺",就在于"插诨"的含混。这使得西洋第一等的大学者至多也不过抵得上中国的普通人。这样,我们"精神上胜利了"。为要保持这种胜利,必须有高妙文雅的词汇,而且要丰富！五四白话运动的"没有多大成功",原因大概就在上流社会怕人讽示他们不懂文言了。

虽然,"此亦一是非,彼亦一是非"－我们还是含混些好了,否则反而要感受困难的。

荒漠里

1923 年之中国文学

好个荒凉的沙漠,无边无际的……俞平伯先生说,到过洋鬼子那里去的人回到礼教之邦来,便觉得葬身荒漠里似的;那里有精神生活!"物质臭"熏天的西方反而是艺术世界,你道奇不奇?那里……那里亿万重压迫之下的工会里,尚且有自己的俱乐部,有文学晚会;工人出厂洗洗油手,带上领带便上剧院去。何况……

好个荒凉的沙漠,无边无际的!一片黄沉沉暗淡的颜色,——不要鲜丽,不要响亮,不要呼吸,不要生活。霞影里的蜃楼,是我孤独凄凉的旅客之唯一的安慰。然而他解不得渴,在沙漠里水草是奇珍,我哪里去取水呢?

好个荒凉的沙漠,无边无际的!鲁迅先生虽然独自"呐喊"着,只有空阔里的回音;……虽然,虽然,我走着不敢说疲乏,我忍着不敢说饥渴;且沉心静气的听,听荒漠里的天籁;且凝神壹志的看,看荒漠里的云影。前进,前进!云影里的太阳,可以定我的方向;天籁里的声音,可以测我的行程。(小叙)

文学革命的胜利,好似武昌的革命军旗;革命胜利了,军旗便隐藏在军营里去了,——反而是圣皇神武的朝衣黼黻和着元妙真人的五方定向之青黄赤白黑的旗帜,招展在市僧的门庭。文学革命政府继五千年牛鬼蛇神的象形字政策之后,建设也真不容易。"文学的白话,白话的文学"都还没有着落。"民族国家运

动"在西欧和俄国都曾有民族文学的先声,他是民族统一的精神所寄。"中国的拉丁文"废了,中国的现代文还没有成就。请看:

"他们将如何？……他们欺侮我如狼欺侮一只小羊一样。"或者——"本来,为这件,我和他们大伤情感。"她……说。

"为这件"三个字,中国的人,尤其是说白话的人,向来不这样说。那"狼和羊"的一句,我念着都不能顺口;我若要背诵他,一定比《大学》、《中庸》难万倍,不用说顺口说出来了。我似乎是个中国人,并且念了书的,尚且如此。我当初想这样的句子大概不是中国活人说的,然而那两句却偏偏括在引号""里。呵!我明白了:这是翻译过来的。哪里有丝毫现实性和民族性？

小说里的"引语"至少要贴切说话的人,何况简直不成"话"。——难怪"四五"年来的努力枉然抛弃:说鼓书,唱滩簧,廉价的旧小说,冒牌的新小说——他们的思想虽旧,他们的话却是中国话,听来流利——仍旧占断着群众的"读者社会"。文学的革命政府呵,可怜你号令不出都门。……这是中国新文学的第一期:不是伪古典主义,而是外古典主义。你什么时候走？我必定备盛筵替你送行。(外古典主义)

我们应当说爱是人的;

我们可以说爱是兽的;

我们不能说爱是神的。

俞平伯

现在虽则有许许多多无聊的爱诗:"东君"变成了"安琪儿","弓鞋影"变成了"接吻痕",花花絮絮蜂蜂蝶蝶依旧是飞着,不过稍稍练习了些 La valse(转旋舞);飞舞时带些洋气罢了;——可是我们应当承认近年来散文和小诗都与小说不同,已经开始锻炼中国之现代的文言。譬如朱自清先生的《毁灭》……

我们且专谈诗的内容—那诗的技术,本来不是我们不做诗的文学评论者所谈得的;像徐志摩先生,他能用中国话译曼殊斐儿,他自然就能长吟"幻想";——我们且不要献丑,只略谈谈诗的内容—爱。爱真正不是神的,爱是人的。爱若是神的,便是说谎。禽兽之邦里的女鬼子往往说:"人难道是感情的主人!"就这一句话断送了一切法律道德宗教。她为的是不肯说谎。诗(poésie)里强烈的个性,虽不能次次战胜,然而即使失败也有光荣。有这种个性,悱恻忠恕之苦心才能自见;若是心存着名教,自己对于爱感说谎,便应当说爱是神圣的,——其实是计较心,那里还有爱!"老实些罢!"

可是,老实要自己老实,不要替人家老实。

《创造周报》的滕固先生有一篇小说《乡愁》,真正说老实话:"L夫人因为恋爱者的死而另嫁了;可是她的恋爱者竟没有死,是故意拍的假电,为了成全她和L先生的好事;她发觉了……怎么办呢?"滕固先生的艺术很好,也没有"外古典主义",就这"L"一个字母(我想外国文的N城,尚且应当译成某城,何况中国人的姓,然而一个字是小事)。虽然……外表虽然没有"外古典主义",内容却有些嫌疑。

唉,中国的新文学,我的好妹妹,你什么时候才能从云端下落,脚踏实地呢?这样空阔冷寂的荒漠里,这许多奋发热烈的群众,正等着普通的文字工具和情感的导师,然而文学家却只……(爱的诗意)

劳作之声还远着呢。

现在正是"黄金"时代,有黄金便有甜吻;那手足胼胝的蠢人,哪里在诗人眼里!黄金时代开始,人格赖黄金而解放,恋爱赖黄金而自由,礼教赖黄金而摧残——黄金自己要制礼作乐。汗血虽然"漂杵",诗人却立在杵上,正在乘长风破万里浪。可是世界的……可是挣扎在汗血里的人,也许有呼号之声。譬如《漫的狱中日记》(《文学周报》):

"我们之后还有不少人呢;不说现时的工人多不过,国内此后将要做工人的人更不知道几万万……杀得净么?"……我们的同事,我似乎看见他们眼睛里……面色白得……白得可以显出我们这几万人的心,几万人的力量。……

可是他说:"这张纸还是1923年(2月7日)的,距今已有三千零六年,是一篇狱中日记的一页;单是这一个'狱'字就很费考据……"是不是?还是离得现实很远,很古了。他的文笔也有些"外古典主义",浅薄,浅薄!

劳工的诗人,你们问瞿秋白讨债去:为什么他做的题目如此,却写得那样难懂?"胫可断,肢可裂,"——又何尝不是诗呢?只是幼稚的中国无产阶级,受尽了各方面的压迫,真正是"穷党"那里谈得起文化的……(黄金时代)

徐玉诺先生《问鞋匠》道:"鞋匠鞋匠,你忙甚? ——现代地上满满都是刺,我将造下铁底鞋。鞋匠鞋匠,你愁甚? ——现代地上满是泥,我将造出水上鞋。鞋匠鞋匠,你哭甚? ——世界满满尽是疳,怎能造出云上鞋? ——鞋匠鞋匠,你喜甚? ——我已造下梦中鞋。张哥来! 李哥来! 一齐穿上梦中鞋!"梦中鞋是穿了,可惜走不出东方。我实在熬不住,不免续貂:

梦中鞋是穿上了,只是恐怕醒来呵。

张哥醒! 李哥醒!

大家何不齐动手?

扫尽地上的刺泥疳,那时没鞋亦可走。

东方始终是要日出的,人始终是要醒的。

东方始终是要日出的,何必要登泰山? 然而泰山上:

巨人的手指着东方——

东方有的,在展露的,是什么?

东方有的是瑰丽荣华的色彩,东方有的是伟大普照的

光明——出现了,到了,在这里了……

徐志摩:《泰山日出》

东方有的是日,可是日在东方只照着泰山的顶,……那"普照的光明",只有在日中的时候。

东方的日始终是要出的,大家醒罢。东方的日始终是要正中的,大家走向普遍的光明罢。(东方的鞋)

画狗罢

张天翼的《鬼土日记》，替我们画了一顿鬼神世界。天翼的小说，例如《二十一个》之类，的确有他自己的作风，他能够在短篇的创作里面，很紧张的表现人生，能够抓住斗争的焦点。他的言语，也的确是"人话"，很少文言的掺杂。不过魄力是比较的不大。如果他尽力于活的现实的反映，那么，一定能够胜任愉快的发展他的才力。可是，最近出版的《鬼土日记》却有点使我们失望。这是因为我们不能够没有"苛求责备"的心。

第一讲到题材方面，这是鬼神世界。问题不仅仅在于"鬼神"，而主要的还在于"世界"。你想：你的题材是六分之五的地球，这未免太大了罢？六分之五的世界，是小说所不能够写的。结果，只能够把世界缩小，放在科学试验室里去。而科学试验室里，陈列着小飞机，小潜艇，小电车……外加活鬼若干，是终究不真切的，免不了所谓"图式化"（Schema）的。这种题材，它本身是很不适宜于文艺的表现。六分之五的世界虽然有共同的社会公律和历史过程，可是，这里的现实生活是复杂到万分，发展上是有许多方面的不平衡的。这些共同规律的意义，正在于适应着最繁杂最变动的现象，而能够给我们一个了解社会现象的线索。如果把这些公律机械的表演在文艺的形象里，那么，自然要走到庸俗的简单化方面去。作者的《鬼土日记》恰好走上了这条路。自然，当做社会科学的参考材料看，这未始不是一本"发松的"好书。而当做文艺创作来看，那就不能够不说是失败的了。

第二,这篇小说的名称已经告诉我们:这里面是"鬼话连篇"的。这并没有什么。这是无可奈何的鬼话!与其说了人话去做鬼,倒不如说着鬼话做人。但是,这里可暴露了一个很大的弱点,就是作者自己给自己的自由太大了。"鬼土"里面没有一个真鬼。幻想的可能没有任何范围。这固然是偷巧的办法,然而也是常常容易吃力不讨好的。古话说得好:"画鬼容易画狗难"。如果是画狗,随便什么人一看就知道像不像。现在画的是鬼,那就只有鬼知道了。

其实,鬼并不是不可以画的,大家不要以为鬼没有作用。法国人有句俗话,叫做:"Le mort saisit le vif"——"死人抓住了活人"。中国的情形,现在特别来得凑巧——简直是完全应了这句话。袁世凯的鬼,梁启超的鬼,……的鬼,一切种种的鬼,都还统治着中国。尤其是孔夫子的鬼,他还梦想统治全世界。礼拜六的鬼统治着真正国货的文艺界。……这样说下去,简直说不尽。我们要画鬼,为什么不画这些鬼呢?

说到画狗,那是更好了。说广泛些:与其画鬼神世界,不如画禽兽世界。本来,中国自然也在六分之五的地球之内。而中国有的只是走狗和牛马。可是《鬼土日记》里面只见人的鬼,而没有见狗的鬼,没有见牛马的鬼;即使有牛马的鬼,也只是影子。

所以我说:还是画狗罢!

哑巴文学

中国文学有一个小小的问题。这个问题虽然小，其实是很严重的。任何一个先进国家的文字和言语，固然都有相当的区别，但是书本上写着的文字，读出来是可以懂得的。只有在中国，"国语的文学"口号叫了十二年，而这些"国语文学"的作品，却极大多数是可以看而不可以读的。可以说是过渡时期的现象，但是，这过渡过到什么时候才了？

中国的象形文字，使古文的腔调完全和言语脱离。象形字是野蛮人的把戏。他们总算从结绳而治的程度进了一步，会画画了。结绳时期的每个结，固然不发生读音的问题，野蛮人看着每一个结，只有他们自己"肚里有数"：懂得这是记的什么事。而象形文字的初期，其实也是这种情形。每一个字的形体有作用，而读音却仍旧只有附带的作用。看着字形可以懂得，至于读着懂不懂，那就不管了。中国古文的读法，因此只是读的人自己懂得的念咒，而中国文字的形体（象形，半象形，猜谜子的会意，夹二缠的假借）也简直等于画符。两千多年中国绅士的画符念咒，保持象形文字，垄断着智识，这是"民可使由之，不可使知之"的绝妙工具。

古文的这种"流风余韵"，现在还保存在新文学里面。这样，大多数的作品，都是可看不可读的。

但是我们应当知道：中国历史上假使还有一些文学，那么，恰好都是给民众听的作品里流传发展出来的。敦煌发见的唐五代俗文学是讲佛经讲故事的纪录,宋人平话和明朝的说书等等,都是章回小说的祖宗。而现在的新式小说,据说是白话,其实大半是听不懂的鬼话。这些作品的祖宗显然是古文而不是"平话"。这样是不能够创造出文学的言语的。自然,用这种文字,也可以做出内容很好的作品来。可是诗古文词里面,未始没有这样好的东西,只是这些东西,只能够给看得懂的人消遣消遣。只看不听,只看不读一所能够造出来的:不是文学的言语,而是哑巴的言语;这种文学也只是哑巴的文学。

其实,新式白话能不能够成功一种听得懂的言语呢?这绝对是可能的。科学的,政治的,文学的演讲里面,一样用着"新名词",一样用着新的句法。因此,新文学界必须发起一种朗诵运动。朗诵之中能够听得懂的,方才是通顺的中国现代文写的作品!此外……中国虽然没有所谓"文学的咖啡馆",可是,有的是茶馆,固然那是很肮脏的。然而茶馆里朗诵的作品,才是民众的文艺。这种"茶馆文学"总比哑巴文学好些一因为哑巴文学尽让《三笑姻缘》之类占着茶馆。

美

普洛廷,新柏拉图派的哲学家说:

"美"的观念是人的精神所具有的,它不能够在真实世界里找着自己的表现和满足,就使人造出艺术来,在艺术里它"美的观念"就找到了自己的完全的实现。

对于那些轻视艺术而认为艺术在自己的作品里不过在模仿自然界的人,首先可以这样反驳他们:自然界产物的本身也是模仿,而且,艺术并不满足于现象的简单模仿,而在使得现象高升到那些产生自然界的理想,最后,艺术使得许多东西联结着自己,因为它本身占有着"美",所以它在补充着自然界的缺陷。

康德说:"艺术家从自然界里取得了材料,他的想像在改造着它,这是为着完全不同的另外一种东西的,这东西已经站在自然界之上(比自然界更高尚了)。"黑格尔说:美"属于精神界,但是它并不同经验以及最终精神的行为有什么关涉,'美术'的世界是绝对精神的世界"。

这是"美"的"最后的"宗教式的唯心论的解释。

然而所谓"美"——"理想"对于各种各式的人是很不同的,非常之不同的。

对于施蛰存,"美"——是丰富的字汇,《文选》式的修养,以及《颜氏家训》式的道德,这最后一位是用佛家报应之说补充孔孟之不足的。

对于文素臣(《野叟曝言》),"美的理想"是:上马杀贼,下马万言,房中耍奇"术",房外讲理学……以至于麟凤龟龙咸来呈瑞,万邦夷狄莫不归朝。

对于西门庆，"美的理想"只有五个字：潘驴邓小闲。

对于"三笑"，是状元和美婢的团圆，以及其他一切种种福禄寿。

对于……

究竟"美"是什么，啊？

照上面的说来，仿佛这是"一相情愿"，补充一下自然界的缺陷。乡下姑娘为的要吃饱几顿麻花油条，她就设想自己做了皇后，在"正宫"里，摆着"那么那么大的柜子，满柜子都是麻花油条呵！"这其实也是艺术。

然而"现实生活，劳工对于 drama（戏剧）是太 dramatic（戏剧化）了，对于Poetry（诗）是太 poetic（诗化）了。"艺术是自然现象和人生现象的再现。"艺术的范围不止是"美"，"高尚"和"comic"（喜剧），这是人生和自然之中对于人有兴趣的一切。不要神学，上帝，"绝对精神"的"补充"，而要改造现实的现实。

欧洲人的"绝对精神"，理想之中的"美"——以及中国的 caricature（讽刺画）："潘驴邓小闲"之类，或是隐逸山林之类，都是艺术的桎梏。可叹的是欧洲还有"宗教的，神秘的"理想和它的艺术，而中国的韩退之和文素臣，袁子才和"礼拜六"似乎已经尽了文人之能事了。

"如果很多艺术作品只有一种意义——再现人生之中对于人有兴趣的现象，那么，很多其他的作品，除此之外，除开这基本意义之外，还有更高的意义——就是解释那再现的现象。最后，如果艺术家是个有思想的人，那么，他不会没有对于那再现的现象的意见——这种意见，不由自主的，明显的或是暗藏的，有意的或是无意的，要反映在作品里，这就使得作品得到第三种的意义：对于所再现的现象的思想上的判决……"

这"再现"并非模仿，并非底稿，并非钞袭。

"在这方面，艺术对于科学有非常之大的帮助——非常能够传播科学所求得的概念到极大的群众之中去，因为读艺术作品比科学的公式和分析要容易得多，有趣得多。"

《子夜》和国货年

据说,今年是国货年。但是,今年出现了茅盾的《子夜》。

《子夜》里的国货大王——或者企图做国货大王的吴荪甫,"他有发展民族工业的伟大志愿,他向来反对拥有大资本的杜竹斋之类专做地皮,金子,公债;然而他自己现在却也钻在公债里了!"固然,国货可以"救国",公债听说也可以"救国",——然而这"救国"是怎么样的救法呢?譬如说,《子夜》里的公债大王——银钱业大王老赵就比他厉害。问题原很简单:救国必先齐家,齐家必先修身。这种治国平天下的顺序,孔夫子就已经说过的了。对于这些种种"大王",首先要有利润,直接的间接的剥削剩余价值,作为他们的"修身"之用。谁善于"修身",谁就可以有"救国"的资格。公债等等有这样的功效,自然要钻在公债里去,这显然不在于志愿伟大与否。于是国货就倒霉了。"凡是名目上华洋合办的事业,中国股东骨子里老老实实都是掮客!老赵就厉害煞,终究只是掮客。"其实何止华洋合办的企业呢?就是名目上完全华商的工厂,背地里的主人也会是洋资本家的,例如《子夜》里的周仲伟——火柴厂"老板"。(今年是更新鲜了,有些华商工厂,事实上变成了日货的改装打包工厂了。)国货既然倒霉,国货大王吴荪甫就只有投降,这是他的出路,而且他觉得这"投降的出路,总比没有出路好得多罢!"

好,投降是决定的了。可是,就投降老赵——那个"同美国人打公司的"老赵吗?老赵"勾结了洋商,来做中国厂家的抵押款,那他不过是一名掮客罢了;

我们有厂出顶,难道不会自己去找原户头,何必借重他这位掮客!"这所谓原户头"假想中的主顾有两个:英商某洋行,日商某会社。"这就不是那么简单的投降问题。受降的主顾那么多,又都是世界上的头等恶霸,岂有不互相打得头破血淋的道理。不过这些恶霸也不这么蠢,他们各有各的小狗,先叫小狗之间互相打几场,借此看看风头,比比力量。他们自己直接开火的时机暂时还没有到,却先让中国来做"狗"的战场。形势自然十分的复杂,中国的"人"当然吃尽了苦头。

中国的这些"人",在《子夜》里,大半还在"狗"的愚弄,欺骗,压迫之下,然而他们已经在奋斗,在抵抗。他们的弱点大半不在自己的不要抵抗,而在不善于跳出"狗"的一切种种阴谋的圈套,以及一切种种间接的,或者间接而又间接的狗意识的影响。例如,明明还只是子夜,而居然以为天已经大亮了,甚至于太阳又要落山了,于是拼命地赶路,唯恐怕夜再来之后,就永久不见天日了。这当然不是个个人都这么想。这只是冲在大众前面的一些人。大众在实践里学习着。大众的斗争虽然还没有打倒那些洋货的国货的种种大王,然而已经像潮水似的涌上来。尤其是《子夜》所写的那时候,是有一阵汹涌的浪潮,后来才暂时退了些。这种浪潮时时刻刻激动着,从这里推到那里,即使有些起落,而冲破一切的前途是明显的。那些狗用尽一切手段来镇压这个浪潮,假装着吉诃德老爷式的"国货奋斗",不过是这些手段之中的一个。无论是吴荪甫,无论是老赵,是周仲伟一这些种种色色的大王,城里的,乡下的,都是很担心的。像冯云卿那样的地主,他不能够不躲到上海来做公债,以至出卖自己的女儿,睁着眼睛看自己的姨太太不三不四的胡闹。而上海虽然比较稳当,也在成天闹着工潮,国货大王在睡梦里也不能够安宁,时常梦见工人的"烧厂",推翻他的宝座。

这对于他们一互相排挤着的他们一自然不是什么理想的天堂。他们,连并不留恋顽固的乡村生活的"工业家"也在其内,都要和"营长切实办交涉,要他注意四乡的共匪"。他们又要钩心斗角的对付工人,想要"一网打尽那些坏家伙"。他们"身边到处全是地雷! 一脚踏下,就轰炸了一个!"……他们的"威权已处处露着败象,成了总崩溃! ……身下的钢丝软垫忽然变成了刀山似的。"是的,他们的处境的确是这样,虽然总崩溃还不是目前,虽然刀山的刀尖还没有戳穿他们的咽喉。

在他们的周围盘旋着的,固然也有个把屠维岳,——有点儿小军师的手段,会用一些欺骗的挑拨的把戏,不过连他也始终只能够"加派一班警察来保护工厂"。而屠维岳之外,还有些什么人才? 空谈的大学教授,吃利息的高尚诗人,这只是一些社会的渣滓。连自以为钢铁似的吴荪甫本人,也逐渐地变成了"色厉内荏",说不出的颓丧,懦怯,悲观,没落的心情。

从另一方面来说,那些五年前参加五卅运动的知识青年,现在很有些只会"高坐大三元酒家二楼,希图追踪尼禄(Nero)皇帝登高观赏火烧罗马城那种雅兴了"。所有这些,差不多要反映中国的全社会,不过是以大都市做中心的,是1930年的两个月中间的"片断",而相当的暗示着过去和未来的联系。这是中国第一部写实主义的成功的长篇小说。带着很明显的左拉的影响(左拉的"i'ar-GeNt"——《金钱》)。自然,它还有许多缺点,甚至于错误。然而应用真正的社会科学,在文艺上表现中国的社会关系和阶级关系,在《子夜》不能够不说是很大的成绩。茅盾不是左拉,他至少已经没有左拉那种蒲鲁东主义的蠢话。

这里,不能够详细地说到《子夜》的缺点和错误,只能够等另外一个机会了。这里所要指出的,只是中国文艺界的大事件——《子夜》的出现一很滑稽的和所谓"国货年"碰在一起。一九三三年在将来的文学史上,没有疑问的要记录《子夜》的出版;国货年呢,恐怕除出做《子夜》的滑稽陪衬以外,丝毫也没有别的用处! ——本来,这是"子夜",暗红的朝日没有照遍全中国的时候,那里会有什么真正的国货年。而到了那时候,这国又不是"大王"们的国了,也不是他们的后台老板的国了。

黎明

沉沉的夜色,安恬静谧笼罩着大地。高烧的银烛,光炧影昏,羞涩的姮娥,晚妆已卸;酒阑兴尽,倦舞的腰肢,已经颓唐散漫,睡态惺忪,渴涩的歌喉,早就烂漫沉吟,醉呓依微。兴高采烈,盛会欢情,极人间的乐意,尽人间的美态,情感舒畅,横流旁溢,"留连而忘返",将当年"复生"的新潮所创造的"人间美",渐渐恶化,怠化,纵恣化。清歌变成了醉呓,妙舞已代以淫嬉,创造的内力已自趋于磨灭。一切资产阶级的艺术文化渐渐的隐隐的暴露出他的阶级性:市侩气。地轴偷转,朝日渐起,任凭你电花奇火有几万万光焰,也都濒于夺光失彩的危怖。几分几秒后,不怕你不立成"爝火"的微光。黎明来临,预兆早见,然而近晓的天色几微,鱼肚惨色渐转赤黑愁黯的霞影时,反不如就近黄昏的夕阳!游荡狂筵的市侩乐,殊不愿对于清明健爽的劳作之歌让步。何况夜色的威权仍旧拥着漫天掩地的巨力,现时天机才转,微露晨意,未见晨光,所显现的只是黎明的先兆,还不是黎明呢。鱼肚之光,黑霞之色,本来是"夜余"而又是"晨初"呵。

人类的文化艺术,是他几千百年社会心灵精彩的凝结累积,有实际内力做他的基础。好似奇花异卉受甘露仙滋的培植营养:土壤的膏腴,干枝的壮健,共同拥现此一朵蓓蕾。根下的泥滋,亦如是秽浊,却是他的实际内力的来源;等到显现出鲜丽清新的花朵,人人却易忘掉他根下的污泥。社会心灵的精彩,也就包含在这粗象的经济生活。根本方就干枯资产阶级经济地位动摇,花色还勉留几朝的光艳。新芽刚才突发无产阶级经济权力取得,春意还隐于万重的凝雾。

那将来主义,俄罗斯革命后而盛行的艺术上之一派,是资产阶级文化的夜之余,无产阶级文化的晨之初;他是春阑的残花,是冬尽的新芽;凝雾外的春意暂时委曲些儿,对着那南风中的残艳,有无愧色?……固然!然而,夜阑时神昏意怠的醉荡之舞,看来已是奄然就息;那黎明后清明爽健的劳作之歌,还依稀微忽。当然仅觉着这目前沉寂凄清的"奇静",好不惨惋。可是呢……悄悄地里偶然遥听着万重山谷外"新曲"之先声,又令人奋然振发,说:黎明来临……黎明来临!

莫斯科的德理觉夸夫斯嘉画馆里,陈列著名的俄国画家,如联萍等的手笔,旧文化沙砾中的精金,攸游观览,可以忘返。于此间突然遇见粗暴刚勇的画笔,将来派的创作,令人的神意由攸乐一变而为奋动,又带几分烦恼:粗野而有棱角的色彩,调和中有违戾的印象,剧动忿怒的气概,急激突现的表现,然而都与我以鲜、明、动、现的感想。前日,我由友人介绍,见将来派名诗家马霞夸夫斯基,他殷勤问及中国文学,赠我一本诗集《人》。将来派的诗,无韵无格,避用表词,很象中国律诗之堆砌名词形容词,而以人类心理自然之联想代动词,形式约略如此。至于内容,据他说和将来派的画相应他本来也是画家。我读他不懂。只有其中一篇《归天返地》,视人生观似乎和佛法的"回向"相仿佛。家乐剧院更取将来主义入演剧的艺术,一切旧规律都已去尽,亦是不可了解。新艺术中的有政治宣传性者,如路纳察尔斯基的《国民》一剧,我曾经在国家第二剧院旧小剧院看过。所用布景,固然是将来主义,已经容易了解些,剧本的内容却并非神秘性的,而是历史剧,演古代罗马贫民革命,且有些英雄主义的色彩。昨日到大剧院,一见旧歌剧花露润融,高吟沉抑,旧艺术虽衰落不少据俄国人说如此却一切美妙的庄丽的建筑艺术都保存完好。

危苦窘迫,饥寒战疫的赤都,文化明星的光辉惨淡,然而新旧两流平行缓进,还可以静待灿烂庄严的将来呢。

"俄国式的社会主义"

德国经济调查员兼外交代表史德勒(PaulSthler)博士曾来访。他说德国革命后疮痍未复,现时协约国强迫德国赔偿巨款,其实是枉然的。德国俄国经济恢复中必须互相辅助,他来此就是作正式缔结外交关系的预备的。最近德国共产党还要求政府与俄通商,德国或者就派公使。我们问他来俄的感想,他说资本家是可以推翻的,资本却不可以毁的无产阶级胜利后,那资本就是无产阶级国家的库藏,俄国革命中或者有这一类误点。至于政治关系却还有一层:俄国智识阶级向来与平民特异,隔离,不相了解,革命中种种经过,这一点未始不是一根本远因。德国社会情况不同,假使共产主义革命突现,他的过程一定不与俄国相同。伦敦《Daily Herald》的通信记者亚尔史孛葛(Alsberg)和我们说,他来此几月,确知道,苏维埃政府是现今俄国唯一的政府,至于共产主义的建设,因为战事和内乱的缘故,还没有什么成就。他又介绍我们见美国资本家房德列浦(Vanderlep)及《旅俄六周记》的作者朗塞(ArthurRansome)。房氏说他此来乃是为堪察加订租约的事,愈速愈妙,新大总统哈定对俄政策还没一定,所以迟滞。堪察加租约如成,美国可以供给各种原料,及主要的工业品机器等;俄国方面,木材、皮货、矿产等种种天然的富源亦可以开发。

今天我们又见着通商人民委员会副委员长列若乏。他告诉我们许多苏维埃政府的国际关系:

俄国与国外通商,是政府的专利。现在国外的关系已经很好,英国已经正式签约,德国就在这几天内,其余边境各小国及意大利、捷克斯拉夫,都已结通商关系。俄国代表在国外大概都尽先同无产阶级的组织、各生产协社、工人协社等接洽之后,再和资本家商量;外国商人在俄国的,暂时只在我们通商人民委员会里接洽,俄国政府担保他的利益。现在俄国还正努力协理各种租借地,借外国资本来发展俄国工业社会主义的基础。战事革命,工业毁坏太甚。内战继起,令政府不得不注全力于战事,一切原料及工业生产品都用在军事上。机器不够用,技师非常之少,技术程度又太低战争时俄国技师死者甚多,所以非聘用外国技师,购买外国机器来发展工业不可。不但机器,就是工业附属品,如工厂中所用电灯泡等,也须向外国购买。如此情形,自然不得不和外国资本家相接洽。

列若乏还着重的说:"没有工业就没有社会主义,况且决不能在隔离状态中实行新村式的共产主义……我们俄国革命史上十九世纪七八十年代盛行的民粹派(Narodniki)主张无工业的农村公社社会主义。马克思派和民粹派的争执的焦点就在于此。你们想必很明白,我们是马克思主义者,决不能行这种俄国式的社会主义……当然并且必须和暂时没倒的外国资本家相利用,发展工业,培植无产阶级社会主义的基本……看罢,资本家胜呢,还是我们?"

贵族之巢

　　两三月前,《劳农公报》初发表开放商业的命令。小商人市侩欣欣然的露出头来。不但小商人呢!体力不能当工人的一班"念书人"、夫人、小姐,受不着职工联合会的保护,口粮所领太少,消费的欲望又高,这才有了机会。

　　十字街间,广场两面,一排一排小摊子⋯⋯人山人海。农家妇女、老人、工人、学生⋯⋯种种色色人,簇拥在一处。这里一批白面包、香肠、火腿、牛奶、糖果点心,那里一批小褂、绒裤、布匹。一堆一堆旧书旧报、铁罐洋锅、碗盏茶杯⋯⋯唔!多得很呢!再想不着:严冬积雪深厚我们初来时,劳动券制之下这些丰富杂乱的"货物",都埋在雪坑里冰池底么?经济市场的流通原来这样。可是开端的原始状况还很可怜。学生服装的一两个人或是拿一条裤子、一双旧鞋也算做生意呢。

　　远远的日影底下,亮晶晶耀着宝石、金链;古玩铜器、油画,也傲然一显陈列馆的风头。有华丽服饰,淡素新妆的贵妇人,手捧着金表、宝盒等类站在路旁兜卖。有贵族风度的少年,坐在地下,展开了古旧贵重的红氍毹,等着顾主呢⋯⋯

　　现在又过了两月了。亚尔培德街前,许多小孩子拿纸烟洋火叫卖,汽车马车穿梭似的来往,街窗里红玫瑰绣球花欣欣的舞弄它的美色,一处两处散见着新油漆的商号匾额啊哎!热闹呢!再不像"冬时",军事的共产主义之下,满街只有茫茫的雪色,往来步行的"职员",夹着公事皮包的人影了。

　　一间大玻璃窗,染着晶亮的银字:"咖啡馆"。窗里散排着几张小桌藤椅。

咖啡馆小室尽头账台上坐着一素妆妇人,室中间站着一半老的徐娘,眉宇间隐隐还含贵倨之态,却往来招呼顾客。

请问,是要咖啡,还是中国茶?

两块点心,糖果多拿些!一男子粗鲁的口音回答着,翘着双腿,笑嘻嘻的和同伴谈天呢。

就来,就来!咖啡一杯,中国茶两杯,点心两块,这里的客人要……

馆门开处,一位"美人"走进来了,红粉两颊,长眉拂黛,樱唇上涂着血滴鲜红的胭脂,丝罗衣裙,高底的蛮靴,轻盈缓步的作态坐下,眼光里斜挑暗视,好像能说话似的。拈着一枝烟,燃着了,问道:

咖啡牛奶一杯,有好点心么?

贵倨的半老徐娘和声下气的答应着。咖啡点心都拿来了。忽然又进来一女郎,服装虽不华丽,神态非常之清高,四处一看,见有那一"新妓女"神气的女人坐在那里,于是不多看,忙找着店主人,问好之后,接口就咕噜咕噜用德国话谈了半天。店主人拿出几万苏维埃钱交给女郎,他就匆匆地走了。新妓女那时已吃完:

你们这里没有牛肉饼么?几万钱一碟?

没有,对不住。可是可以定做,晚上就好,要多少呢?请问。两万钱一碟。

要两碟,浓浓的油。

说完他就站起来,扭扭捏捏地走出来,走到门口,懒懒地说一句"再见"。店主人忙答应着,回头笑向那半老徐娘,用法文说道:这又不知道是那一位"委员"的相好,看来很有钱呢……

假使屠格涅夫(Turgeneff)的《贵族之巢》在地主华美的邸宅,现在五十年后,苏维埃俄国新经济政策初期的贵族之巢却在小小的咖啡馆。原来革命后贵族破产,所余未没收的衣饰古玩,新经济政策初行,流到市场上。过了这两月他们便渐渐集股积聚,居然开铺子了。其实新经济实行,资本主义在相当范围内可以发展。而资本集中律一实现,这班小资本的买卖不过四五月就得倾倒。我初见街头所卖白面包,还是小生意家家里自己零做的。现在已经看得见一两种同式同样又同价的白面包,打听起来,原来已有犹太旧商人复活,做这大宗批发生意。替他算起来，一天可得利几千万苏维埃卢布呢。资本的发展按经济学上的原则真是"速于置邮之传命"。

俄国贵族的智识阶级向来最恨资产阶级的文化赫尔岑说西欧文明不外一"市侩制度"而已现在却都要成可怜的资产阶级中的落伍者呢。虽然……虽然……那"忏悔的贵族""往民间去的青年"，一世纪来在社会思想上为劳动人民造福不浅。共产党领袖中磊落的人才也不少过去时代的贵族呵。前一月我曾遇一英国共产党很研究俄国文学。他说俄国文化中资产阶级一分都没创造，历来文学家、社会思想家差不多个个都是贵族……

我的俄国历史教授纪务立说：大俄罗斯民族东方性本重，个性发达，固然有许多特点优良的国民性，然而缺点也就不少。老实说，一切艺术科学文学的文化不是西欧输入的么？未欧化的大俄罗斯人污秽迟钝，劣性很可见，至于贵族青年有志的，那又是一件事他们欧化虽不纯粹，始终在历史上占了一过渡西欧文化的地位。如说到小俄罗斯人乌克兰人，已近西欧，东方色彩就淡得多。平民之中也可以看得文化性。

初到莫斯科时，我们认得一英国人共产党，外交委员会的职员威廉。威廉夫人是生长在小俄罗斯的。他曾说小俄罗斯贵族的地主制封建遗迹，破坏的较早。那地农家妇女爱清洁，有条理日常生活之中才真见得文化的价值。往往在大俄罗斯及乌克兰边境，小俄农家女有嫁给大俄人的。新媳妇进门不到两三天，立刻就要把大俄农村家庭整顿一番，油刷裱糊都是新媳妇极力主张的他根性就不能忍耐那半东方式的污糟生活。

心灵之感受

　　一间小小的屋子,以前很华丽的客厅中用木板隔成的。暗淡的灯光,射着满室散乱的黑影,东一张床,西一张凳,板铺上半边堆着杂乱破旧的书籍,半边就算客座。屋角站着一木柜,柜旁乱堆着小孩子衣服鞋帽,柜边还露着一角裙子,对面一张床上,红喷喷的一小女孩甜甜蜜蜜在破旧毡子下做酣梦呢。窗台上乱砌着瓶罐白菜胡萝卜的高山。一切一切都沉伏在灯影里,与女孩的稚梦相谐和,忘世忘形,绝无人间苦痛的经受,或者都不觉得自己的存在呢。那板铺前一张板桌,上面散乱的放着书报、茶壶、玻璃杯、黑面包、纸烟。主人,近三十岁的容貌,眉宇间已露艰辛的纹路,穿着赤军的军服,时时拂拭他的黄须。他坐在板桌前对着远东新客,大家印密切的心灵,虽然还没有畅怀的宽谈。两人都工作了一天,刚坐下吃了些热汤,暖暖的茶水,劳作之后,休息的心神得困苦中的快意,轻轻的引起生平的感慨回忆。主人喝了两口茶,伸一伸腰站起来,对客人道:

　　唔!中国的青年,那知俄罗斯心灵的悠远,况且"生活的经过"才知道此中的意味,人生的意趣,难得彻底了解呵。我想起一生的经受,应有多少感慨!欧战时在德国战线,壕沟生活,轰天裂地的手榴弹,咝……嘶……唑……嗡……哄……砰……硼……飞机在头上周转,足下泥滑污湿,初时每听巨炮一发,心脏震颤十几分钟不止,并不是一个"怕"字。听久了,神经早已麻木,睡梦之中耳鼓里也在殷鸣,朝朝晚晚,莫名其妙,一身恍荡。家、国、父母、兄弟、爱情,一切都不见了。那里去了呢？心神惫劳，一回念之力都已消失了。十月革命一起，布尔塞维克解放了我们，停了战，我回到彼得堡得重见爱妻……我们退到乡间，那时革命的潮流四卷，乡间农民蠢蠢动摇，一旦爆发，因发起乡村苏维埃从事建设。一切事费了不少心血办得一个大概。我当了那一村村苏维埃的秘书，家庭中弄得干干净净那有像我现时的状况！不幸白党乱事屡起，劳农政府须得多集军队，下令征兵。我们村里应有三千人应征。花名册，军械簿，种种琐事，我们在苏维埃办了好几天。那一天早上，新兵都得齐集车站，我在那里替他们签名。车站堆着一大堆人，父母妻子兄弟，牵衣哀泣，"亲爱的伊凡，你一去，别忘了我……""滑西里，你能生还么？……"从军的苦情触目动心。我们正在办公室料理的时候，忽听得村外呼号声大起，突然一排枪声。几分钟后，公事房门口突现一大群人，街卒赶紧举枪示威，农民蜂拥上前，亦有有枪械的，两锋相对。我陡然觉得满身发颤，背上冰水浇来，肺脏突然暴胀，呼吸迫促，昏昏漠漠不辨东西，只听得呼号声、怒骂声，"不要当兵"，"不要苏维埃……"哄哄杂乱，只在我心神起直接的反射，思想力完全消失，胡……乱……我生生世世忘不了这一刻的感觉，是"怕"，是"吓"，是"惊"？不知道。

主人说到此处换一口气，忙着拿起纸烟末抽了一抽，双手按着心胸，接下又说道：

然而……然而……过了这几分钟，我就失了记忆力了。不知怎么晚上醒来，一看，我自己在柴仓底里。什么时候，怎么样子逃到那地，我实在说不出来。自然如此一来，我们乡间生活完全毁了。来到一省城里，我内人和我都找了事情。过了几月才到莫斯科这军事学院里。我内人留在那省里，生了这一个女孩子主人拿手指着床上不能去办事了，口粮不够吃，我一人住在莫斯科，每一两星期带些面包（自然是黑的）回去，苦苦的过了一年。什么亦没有，你看现在内人亦来此地，破烂旧货都在这屋子里。俄国现在大多数的国家职员学生都是如是生活呵。可是我想起，还有一件事，是我屡经困厄中人生观的纪念。有一次，我上那一省城去那时我家还没搬来深夜两点钟火车才到站。我下站到家还有二里路，天又下雨，地上泥滑得不得了，手中拿着面包，很难走得，况且坐在火车上又没有睡得着，正在困疲。路中遇见一老妇背着一大袋马铃薯，竭蹶前行，见我

29

在旁就请我帮助。我应诺了他,背了大袋,一直送他到家,替他安置好。出来往家走,觉着身上一轻,把刚才初下站烦闷的心绪反而去掉了。自己觉得非常之舒泰,"为人服务",忘了这"我","我"却安逸;念念着"我","我"反受苦。到家四点多钟,安安心心的躺下,念此时的心理较之在战场上及在苏维埃的秘书席上又如何!

主人说到此处,不禁微笑。女孩的酣睡声,在两人此时默然相对之中,隐隐为他们续下哲学谈话的妙论呢。

清田村游记

游侣

托尔斯泰的邸宅,所谓清田村(YasnayaPoliana),离莫斯科约四百余里,革命时还保存得完完全全,现在归教育人民委员会经管,已改作托氏邸宅陈列馆,另设一事务所管理他。托氏幼女亚历山大为陈列馆事务所的主任。苏菲亚·托尔斯泰女士曾屡次邀我们去游。这次刚好莫斯科教育厅第一试验模范学校有一班学生读托氏文学事迹后,特赴清田村旅行游览,我们趁此专车一同前往。

游侣小学生二十余人,女教员二人,一德维里(Tver)人老者,托氏亲戚嘉德琳等数女士,一少年;此外还有一所谓“苏维埃小姐”顺路趁便车回家乡,他对我们说:“我在嘉里宁那里办事。嘉里宁!你知道么?现在我们最大的伟人,全俄中央执行委员会会长⋯⋯”

我们三十多人同坐一辆专车。十三日晚我同宗武乘月到苦尔斯克车站,会着学生旅行队。他们都很高兴,一同上车,十四日一早到都腊(Tula)车站。由此到清田村不满四十里地,火车忽然停住,派人上去交涉半天毫无影响。我们因下车散步,宗武还替学生队在车旁照了一张照片。当时托氏亲戚等得心焦,先下车步行前去。我们闲着无事,因和德维里老者谈天。他是一个托尔斯泰派,此来也是特为趁车进谒托氏遗泽的。他是德维里地方一牛奶坊协作社的职员,那地从新经济政策实行以来,协作社已经由德维里省经济苏维埃出租于私

31

人,不比国立时候了,从此工人生活还要职工联合会来整顿呢。老者谈吐朴实,是中下社会的人,蔼然可亲,俄国风度非常之盛,谈及托氏主义,那一种宗教的真诚,真也使人敬仰俄罗斯民族的伟大、宽弘、克己、牺牲的精神。"第一要知道怎么样生活,人生的意义,唔,操守,心地……"谈及历年经过,他不胜感喟地说:

唉!俄国人根性就是无政府的。二月革命后,农民间无政府党非常之盛,反对克伦斯基政府急激得不得了。比如北部诸省,就是十月革命后还延长许多时候才平定的,至今时起消极的抗拒,所谓人民委员,去都不敢去呢。那十月十一月时布尔塞维克"面包与和平"的口号,反对与德战争,大得全国农村的同情。后来才明白,军事不是空口停得的,都市里人也是要面包吃的……说起当时的政情来,唔!我们不谈共产党的政策。单说克伦斯基,他哪里是一政治家,更不是政客……谁知"自由与土地"的口号,呼号的那么高,"只听楼梯响,不见人下来",谁知道他是一个"好人"呢。农民要土地,不是要社会革命党党纲的宣言书是要实实在在的田地,没有什么神妙科学!他真不过是一个空想的智识阶级,譬如开国会问题,延长又延长,在那种政潮的时候!可见他丝毫政治作用都不懂得呵。说起智识阶级来你知道俄国几十年来的潮流?革命之中智识阶级负罪不小。俄国人的心念中,智识阶级向来和普通平民分得清清楚楚,革命初起,他们就已谈什么宪法,国会,人民看得他们和皇上一样的高高在上。等到事情急了,他们又都抛弃了人民逃到外国去了,不来帮着人民共负大业。怪不得无产阶级也走极端:那几月风潮汹涌的当口,看见带眼镜的人都指为智识阶级、怠工者,拼命排斥;于是智识阶级更逃得厉害,至今弄得要人办事的时候,人手又太少了。

我问现时俄国的宗教怎样,像托氏学说,传布得深远么?

宗教么?俄国人是有名的宗教民族。一派市侩式的教堂宗教本是迷信,就是托尔斯泰派也很反对他的。革命前社会运动中反对教堂,以及绝对的否认宗教,本是很甚的。现在呢,政府和教堂分离了,宗教,及有宗教色彩的学说,未免大受打击。无意识的群众、农民却又起心理的反动,更去迷信起教堂来……托尔斯泰派呢,绝对不问政治,不过一种讲学的道德的宣传罢了,"人应当知道怎样生活",唔!我这次有事到莫斯科,见着白尔嘉诺夫,据说在清田村组织了一托氏派公社,所以特地去参观参观。听说这一公社组织得太晚了些,现在新经济政策一行,一切都本商业办法,一切农具牛马、种籽,都要买去,那里来许多钱呢?要是早得半年,虽说是"军事的共产主义",却一定可以得到政府帮助集体组织、公共事业向例共产党还算赞助的……

我们在站等到晚上八点钟才开车离都腊。"都腊"这一字俄文原意为"拦阻",据说当时鞑靼人从南进攻莫斯科,追到此地,俄国人藉此地的森林,乱斫柴木堆积成山,以挡鞑靼的来路,所以称做都腊。近代却是出产"自暖壶"的名城。

到清田站的时候,已经晚上九十点钟,不能到托氏邸宅去托氏邸宅离站约六里。我们两人和小学生同住站边一旧别墅中,别墅虽破旧,小小几间木屋,却也清雅。当天晚饭时,学生旅行队所带干粮牛乳还很殷勤的请我们吃。小学生嬉笑天真神态真使人神往。晚上将就在板床一宿。清早四时即醒,早饭前又替学生照了一相。问起那德维里老者来,说昨晚早已往公社去了。

托尔斯泰邸宅

秋云微薄,桦林萧瑟的天气,自清田站步行,向托氏邸宅行来。小桥转侧,树影俯窥溪流,水云映漾,轻步衰草上,如天然的氍毹,心神散畅,都市心绪到此也不由得不自然化了。转向北,直望大道,两旁矗立秋林,红叶斑斓,微风偶然奏几阕仙乐;遥看草间车辙,直行远出,有如川流旷阔的村路一变而成"流水道"影。黯淡秋云,却时时掩隐薄日,日影如伞盖迎人,拂肩而过。偶然见一二农夫乘着大车,纵辔遄行,赶着马,"嘟嘟嘟"飞掠而过。抵托氏邸宅栅门,就见中世纪式半垒这邸宅原是托氏母家复尔广斯基工爵的遗产,地主制度的遗迹还可以看得见。进栅门后,转侧行数十步,遥隔花棚已见托氏宅,犬吠声声报客至,宅中人有出来探望的呢。

一进宅门,前室中就见五六架书橱。上楼时亚历山大出迎,指示解释室中陈设,说是托氏死后一切设置都还仍旧丝毫未动呢。两间图书室,也满放书橱,托氏生时屡次想整理一大间,专设图书馆,始终以邸宅太小没有成功,所以散置楼上楼下,如今还是仍旧。看一切陈设,托氏生前的生活确很朴素,贵族生活如此却也在意想之外。就只饭厅里有一钢琴,四壁挂着画像,有名画家联萍的托氏像。再转往东有一小过室读书一周记室,一小圆桌,上放《读书一周记》。托氏生时每早起先到此室,记日记语录数则后,才出吃早饭呢。进一间就是书房,满架书籍,而突然投入我们眼帘的却是几个中国字,原来是芝加哥出版的汉英对照老子《道德经》。书桌上文具很简陋,有一大块碧晶石,上刻金字,是托氏被希腊教堂除名时,马尔切夫斯基工厂工人公送托氏的贺礼。壁间满挂照相,托氏世代的遗像,安德莱·托尔斯泰夫人苏菲亚女士的母亲,指示我些托氏兄弟伯叔的照相。中一框空着,据说,是托氏叔,因酗酒赌博,堕落子弟,所以除去,不使和诸兄弟相并而立。还有美国人克洛斯倍(Crosby)的肖像,他是美国候补总统,特来谒托氏,托氏劝他一番,他居然放弃候选之职,从此和托氏为至友。再进便是托氏卧室。

小小一间屋子,床头小几上还放着烛台,半枝残烛托氏出走那天,半夜起来所点的最后一枝烛。床前窗下一小桌,屋角一洗脸架,旁有一马鞍,如此而已。壁间却有一托氏夫人芳年时的肖像不愧为名美人呢。

参观时,大家小学生、教员及德维里老者都格外注意托氏出走轶事,频问亚历山大。亚历山大说:

你们看这样的家庭布置,就是三十年前也算不得奢侈。然而我父亲晚年,时时刻刻总觉不安心,屡次想出走抛弃一切。再加之家庭恶剧,我母亲处处阻挠他的计划,如分地与农民等事。因此忏悔之心益切,也不得不走了。那天晚上,二点钟起,下楼叫我,同整理行装,叮嘱千万不告家人。父亲走时只肯带得最要紧几件物事,一切奢侈品都不肯用,还是我强勉把一手携灯纳在袋中……唉!你们不知道托氏晚年,心灵之经受多痛苦呵!

参观的小学生都很感动。当时他们散去,到托氏墓前并公社游览。

我们出来,安德莱夫人请我们再周观一次,宗武照了好几张照相,中有一托氏生时之榻。安德莱夫人又说:

你们还到楼下一看。那里有托氏早年时的书室呢。

楼下书室中,安德莱夫人还指示我们看一小栋,是当托氏初起忏悔,屡思自缢之处。

天色忽然阴沉,微有雨意,安德莱夫人说恐雨后不能出游,趁此时散步一周,再回来吃饭。

从后院走出,院中一大树,漫散四出,残叶时堕。安德莱夫人指着说,托氏生时每每坐此树下招待贫农谈话,村人都称此树为"贫者树"。出院后,一带果树,绕小径出去,经托氏宅前草场,入疏林蹊路,到托氏墓前。林中有一树椅,托氏散步时,常常坐此休息。我们在托氏墓前,看着小学生用落叶穿成一圈挂托氏墓上。满天湿云飞舞,瘦叶时时经风细吟,一仰首满目清朗,乡野天地,别有会心,托氏的遗泽更使人想起古人浑朴的天性,和此自然相交洽。

返托氏家午膳。托氏妻妹、托氏幼女亚历山大、托氏媳安德莱夫人,还有一中年妇人托氏亲戚,及一老者旧时军官,因托氏一语而弃职归田的,他们有的是教育人民委员会所委任,有的是借住于此。大家聚齐吃饭,殷勤问及中国政象,老子学说等。

饭后安德莱夫人又约游园。法国式的芳径,树木夹路,秋末残叶满地,踏步行来胜于毡茵。小池一角清漪如画,那时已萧萧微雨,浪纹都画秋痕。我问安德莱夫人乡居如何,为什么比在莫斯科时越发清瘦了?安德莱夫人说,乡居也不过因为有事罢了,此间人愚蠢,无可谈心,未免焦闷。"你看,那些人,老军官现在已反成希腊教徒,我们两位亲戚女太太们,成天的骂革命政府,俄国平民对着他们都有罪似的,难道这是托尔斯泰的主义?……"所以他说很乏味,在乡间住着,说还是偶然到农民家去走走,倒可散心。

我们谈着话,信步行来已出托氏栅门,远望三五村落,烟雨迷闷,一片秋原寥落的光景。

安德莱夫人道:

可惜今天天气如此,不然,还可以同你们到田间一散步呢,我们现在且到那边几家一坐,一看俄罗斯的乡间生活。

我们走过两畦到一木屋,小小巧巧四五间,也有电灯,玻璃窗……安德莱夫人笑着高声说:中国人来访"俄国农夫"了。

呀,远客来了!只见一农家女掀布帘出来原来中国人也来看俄国乡下人呢,……我们此地近着地主邸宅,向来比寻常农民讲究些;新近装了电灯……啊呀,天气不好,不然诸位可到那边村庄看一看,纯粹的俄国生活。请坐请坐。

安德莱夫人和我们介绍相见,女主人是以前托氏的农奴,还有一位客是安德莱夫人以前的陪嫁丫鬟。坐着吃了几口茶。屋中板桌板凳,屋角挂着希腊教神像,壁上居然有一张半新不旧的油画。四间住房,后面一小小院落,牛羊的兽栏、草仓。四间屋之间,一火炉制在墙壁里,一面临门处有铁板,中可烤面包煮菜;炉顶高及屋梁,上铺床铺。女主人指着炉子道:

你们中国没有这样炉子罢!呵,冬天冷的时候,才好呢。睡在炉顶上,深夜时分,满身裹得紧紧,烘得暖暖的,将睡未睡的时候,拥着枕头,听着屋顶风暴绞雪,"呼……呼……呼"真有趣呢。

托尔斯泰派公社

自农家出来,顺路到公社一游。

"托尔斯泰派都是非常之有道德的人,可是大概不是务实的人,经营事业,没有经验。"这是嘉德琳女士和我在莫斯科谈的。现在我亲见托氏派的公社了。他们见我去,非常之欢迎,谈及中国托氏运动,恶战的风俗等等。

据说,托氏派抗拒征调往往被捕,出狱后大家组织起来,仍决然不去当兵,得了教育委员会允许在此组织一公社经济田地就用托氏遗产分给农民后所余的。现时社员大约十八九人。有麦田四十七俄亩,菜圃二俄亩,另有三十五俄亩果园,中有一半与村农共有的。其余产业还有马六匹,牛七匹,羊十头一年的生产,预算当可足用,今年还是第一年。社员男女都有,都自己下田工作,只有农忙时可以雇人,女社员还缝工织网。

恬静的生活,一切"人间乐"都抛弃。劳作的神圣,自然的怡养固然胜似他百倍。

生产品完全公有,各取所需……今年第一年的成绩还未见出。每年只公付国家五十铺德的食粮税,其他一切自由,几与外界绝无系连。

彼此谈着非常有兴,临走时还说:

今天天雨,上站晚上简直走不得,我们借一匹马给你们。

那天深夜,我们走之前,公社中还特派一人送面包及豆来,殷勤诚意,使人感动。

托尔斯泰邸宅的饭厅里，窗外已乱投秋林晚色，我们望着，正吃过晚饭之后，等着车子，预备返站。

桌上的自暖壶渐渐地响着，沸沫细吟，偶破一室的岑寂。老年的贵妇人托氏妻妹，坐在桌旁做着女工。他的孙子，天真活泼的小孩子默然静坐在那里读龚察洛夫（Gontcharoff）集，还有一中年妇人托氏亲戚闲坐读旧杂志。我偶然问那小孩读书几年了。托氏妻妹回道：

他读的书不少，一直在家里，没进学校现在的苏维埃学校……哼。

他说完忽看见小孩子一面看书，一面手里玩着纸牌呢，掀一掀眼镜，欣欣然抬起双眉，暗中流露那贵族派调的礼貌，他问：

呀！你们中国有赌具么？我非常之爱玩。你知道，我在巴黎时一夜输多少！少年妇人插嘴道："呵！他年轻时才爱赌呢。"中年妇人见我们闲着无事，拿出一大盒照相，托氏当年家庭亲友的肖像、克留摩的风景，末后指着一张学生模样的照片说："这是我的儿子，唉！真伤心呵！革命时被可恶的布尔塞维克杀了。我们家许多房舍、邸宅、田地一概弄光了。我还坐过三个月牢狱呢……呵哎……"托氏妻妹忽然向中年妇人道：

现在，革命之后，什么事都翻过天地来了。你昨天用心没有：某小姐和那一少年，还有几位，唔，都是年轻女郎，挤坐一张沙发上，一点嫌疑，礼貌也不顾。

正说话时一女郎走来，托氏妻妹起初愣了一愣，仍接下笑着说道：

不怕你恼，小姐，"说到曹操，曹操就到"，我们正在说你呢。

那女郎看着我们，很不好意思似的，半晌才说道：

怎么为这样的事发恼呢，我们正盼望有人指教呢！说着，口齿渐渐模糊，底下的几个字都吞在肚子里去了。

哎唷唷！现在风俗不成话了。男女同学！男女同学！你们还不知道，现在中学校里男女学生成了什么样子呢！近廿年来的新教育！中年妇人接着说道：

你可不要冤枉人，他们几个小姐，倒都不是中学校出身，是受家里的贵族教育。

可不是！生来世道人心如此，有什么法想。我们年轻时，不用说实际上，那怕没有一件两件风流奇闻，可是终还顾着脸子。我就不懂，怎么一二十年变成这样的世界！

说来也奇怪，为什么在英法"男女同学"就不要紧，我们俄国却不行？

我听着禁不住插嘴道：

那又更奇怪，我们中国也是这样说："为什么在外国就不要紧，一到我们中国就不成样子？"

车马预备好了，我们同几位女郎一同坐车往车站去。秋夜雨过，马蹄得得，仰看着流云走月，光芒四射；雨余小寒，凝露满裳，也和清田村中贵族的残梦似的，勉强固结"旧时代的俄国"。

清田村当革命怒潮时，农民中的少壮，哄哄欲动，要瓜分托氏财产田地。老年人念托氏的遗德，不忍动手。后来还是中央政府派员保护了这历史的伟迹。

大学生

十五日晚，本来说晚上二时开车，我们赶到车站，睡下，一觉醒来，仍旧是清田站。早起奇饿，德维里老者约着下站一行，同到前天过宿的别墅中。和看别墅的农夫商量着，请他去买了些牛乳，煮些马铃薯，就在农夫屋里烧着自暖壶喝茶。主人殷勤询问中国生活。谈及托尔斯泰，主人还说：

我是托尔斯泰初办学校里的小学生，我还会算加减乘除呢！

主人儿子坐在一旁，手里拿一本俄文启蒙读本。我问他要了看一看，因问现在农村学校怎么样。据说，每天小孩子都去上学，不要学费，"上半天去下半天就回来了！"学习算学、俄文。我试和那小孩子谈谈，小孩子很害臊似的，宛然"中国乡下孩子"。德维里老者还问许多托氏生时的轶事。主人忽道：

那又怎么样？托尔斯泰生时，我们去总还有许多书，我们得了又读着，又卖几个钱。要帮助却难了：有熟人去，一块两块卢布，平常三角五角。

自暖壶水沸了，女主人倒茶给我们，咕噜着道：

托氏自己是很要帮助人的，都是他夫人横在里面……

我问道：

革命时，你们分着多少地呢？

一亩半田。这两年勉强还够。今年又有什么"食粮税"，我们也担负轻些，一年付三分之一,十二铺德。生活要说宽余是说不得呢。我们革命前也从没见过三块卢布以上的钱。现在罢,管着别墅,每月经亚历山大·托尔斯泰的手,由教育委员会得八九十苏维埃卢布算得什么,几角钱!

说着话,宗武也从车上带着照相机来了。主人又请他照了一相。村里小孩有的嚷:"来看美国照相机呵!"我笑向宗武说:

再想不到中国人到了乡间,变成了西欧文明的宣传者。

主人还说,现时到城里去照一相,出一个月的薪水也不够呢。他又很热烈的送我们走,一面说道:

我们这两天吃的面包都不够。公社里剩的面包现在可以出卖了我们去买也得出四五千钱一斤。他们都是大学生,虽说什么集合生产,究竟不大会种田。那四五十亩田,据我看来,还不如分给我们小农好些。唉!穷人还是穷,富人还是富……

我们回到车上已是十点多钟。十一点开车,到了都腊,不知怎的又停住了。天色阴沉,又不能下车散步,沉闷得很。回想此游所见,历历犹在心头。一见俄国乡间生活,也有无限感触。

一直等到晚上九点钟,才从都腊开车。

归途

一辆车中,暖暖的炉火,暗暗的车窗,笑语呼吸声中,隐隐的画出三幅杂色斑斓的奇画三种不同的文化:

车的南头,坐着几位清纯修洁的女郎,文秀的俄国少年,生意活泼都是托氏一家的亲友,贵族的遗裔可是他们现时虽已尽成平民、苏维埃机关的办事员、学校的大学生,而贵族式"不顾人"的派调,无意之中隐隐流露。只听着谈笑自如,深夜起坐,"呀!我一把梳子忘在乡下了……""马丽答应借普希金集给我,临走时又忘了……"叽叽喳喳笑语不断。

车中间坐着两位中国人,天色已黑,又不能看书,只是默默的坐着,守那东方式的规矩。偶然有人请他们吃马铃薯,还回说:"谢谢,不要……不用客气,自己请罢。"

盏。车开之后，大家围坐猜谜，说笑。十时余，教员说"可以睡觉了"，过不了二十分钟，小学生都已声息俱无。

只听车行震荡，渐渐往莫斯科去。晚上一二时光景，车南头忽然烛光一亮，又听得低低谈话。过了几分钟，嬉笑声浪，渐渐放纵。猛听得一小孩子声音说道：

天晚了，人家要睡觉。请显些文化较高的身分出来……

突然烛影寂灭，车中又只听得均匀的轮轴颤动了。偶然露出一句含糊不明的低语："谁也不是文化程度高的人……"轮声震厉，再往下也听不清楚了。

酣然一梦，醒来已抵莫斯科苦尔斯克车站。

晓霜晴日，伴着归人，欣欣的喜意，秋早爽健的气概送我们归寓。

清田村一游，令人畅心满意，托尔斯泰世界的伟大文学家，遗迹芳馨。旧时代的俄国贵族遗风还喘息于草间，依稀萦绕残梦。智识阶级的唯心派，新村式的运动，也有稀微印象。俄罗斯的农家生活，浑朴的风俗气息，而经济上还深陷于小资产阶级。平民农夫与智识阶级之间的情感深种社会问题的根蒂，依然显露。智识阶级问题，农民问题经怒潮汹涌的十月革命，冲动了根底，正在自然倾向于解决新教育与旧教育的过渡时期。

此游感想如此。其他乡间秋色，怡人情性，农家乐事，更饶诗意，生活的了解似乎不在远处……

中国人

前两天(十一月六日)听说华侨吕某从哈尔滨来,带有我老弟的信,等不及,就去访他。晚上八九点钟去,吕某还没归来。同居王某留我略坐,我因为亟欲一见家书,也就坐下略喝几杯茶。王某道:

先生在此处还好?听说莫斯科的中国领事走了,到底是怎么一回事?

我也不大清楚。

哼,陈广平在莫斯科刮了一大层地皮,跑了。我们新从赤塔回来,昨天前天听此地的华侨说来,没有一个不骂他。中国官僚,官僚几时就杀得尽了!赤塔的领事也是如此。

旁一中国工人问道:"现在赤塔的是谁?他妈的……"王某道:

新领事沈崇勋,一到任就有人粘无名揭帖骂他。一张护照要卖多少钱!赤塔中国小工说得好:"沈崇勋这鬼子,不知道把自己的妹子押了多少钱,在外交部运动来的差使。现在赶紧要来赤塔刮一批回去,赎妹子,预备嫁妆呢。"赤塔华侨会也因领事到后,大家争权。领事自己把一切交涉甚至琐屑的华人搬住注册等事,都一股脑子抓在自己手里:好一张一张执照呀、护照呀的抽头。弄得华侨会一件事也办不动。有一天,好几个工人小贩去见领事领执照,偶然说了一句:"华侨会现在不能办事都叫领事办去了。"沈崇勋开口就骂:"放屁!"当时激愤了工人,挥起拳来就要上去打。他那鬼头,也只得抱头鼠窜了。

喝着茶,谈笑着不觉已到十时,吕某还不曾回来。我想走,却来了几位客,

因此又坐下。来客有一中国小贩同着俄国妻子,彼此介绍。那小贩的妻子戏问我道:

你们中国,是不是有娶儿位妻子的风俗?

有是确有的,不过富人才养得起呵！他听我说这话,回身向他丈夫道:

可不是,你还赖呢！我知道,你家里另有一位中国女人呢！他丈夫也笑着道:

不错,不错,家里另有一位心爱的呢。

另有一女郎,忽然想起,嚷道:"呀,明天十一月七日,过纪念节呢!"一俄国商人插嘴道:

啊哎！明天一天又不能做生意了！现在是少做一天,少一天的进项……

女郎道:"唔！发了四年的口粮,不要钱,大家还是嫌少。现在不发了,请你们自己去赚钱过活罢……"

吕某夜深不回来,我约着日后去取信,就归寓了。今天呢,信已取来,不禁想起那天的谈话,聊为一记,以见中国人的俄国生活。

家书

前几天我得着北京来信是昀弟的手笔,还是今年三月间发的,音问哽塞直到现在方来。他写着中国家庭里都还"好"。唉!我读这封信,又有何等感想!一家骨肉,同过一生活,共患难艰辛,然而不得不离别,离别之情反使他的友谊深爱更沉入心渊,感切肺腑。况且我已经有六个月不得故乡只字。于今也和"久待的期望一旦满足"相似,令人感动涕泣,热泪沾襟了。

然而,虽则是如杜少陵所言"家书抵万金",这一封信,真可宝贵;他始终又引起我另一方面的愁感,暗示我,令我回想旧时未决的问题。故梦重温未免伤怀呵。问题,问题!好几年前就萦绕我的脑际:为什么要"家"?我的"家"为了什么而存在的?他早已失去一切必要的形式,仅存一精神上的系连罢了!

唉!他写着"家里好"。这句话有什么意思?昀白,昀白,你或者是不愿意徒乱我心意罢了?我可知道。我全都知道:你们在家,仍旧是像几年前那时我们家庭的形式还勉强保存着那种困苦的景况呵。

我不能信,我真不能信……

中国曾有所谓"士"的阶级,和欧洲的智识阶级相仿佛而意义大不相同。在过去时代,中国的"士"在社会上享有特权,实是孔教徒的阶级。所谓"治人之君子",纯粹是智力的工作者,绝对不能为体力劳动,"手无缚鸡之力"的读书人。现在呢,因为中国新生资产阶级,加以外国资本的剥削,士的阶级,受此影响,不但物质生活上就是精神生活上也特显破产状况。士的阶级就在从前,也并没正式的享经济特权，他能剥削平民仅只因为他是治人之君子，是官吏。现在呢，小官僚已半文不值了，剥削方法换了，不做野蛮的强盗（督军），就得做文明的猾贼（洋行买办）。士的阶级已非"官吏"所能消纳，迫而走入雇佣劳动队里。那以前一些社会特权（尊荣）的副产物经济地位，就此消失。并且，因孔教之衰落，士的阶级并社会的事业也都消失，自己渐渐的破坏中国式的上等社会之礼俗，同时为新生的欧化的资产阶级所挤，已入于旧时代"古物陈列馆"中。士的阶级于现今已成社会中历史的遗物了。

我的家庭，就是士的阶级，他也自然和大家均摊可怜的命运而绝对的破产了。

我的母亲为穷所驱，出此宇宙。只有他的慈爱，永永留在我心灵中是他给我的唯一遗产。父亲一生经过万千痛苦，而今因"不合时宜"，在外省当一小学教员，亦不能和自己的子女团聚。兄弟姊妹呢，有的在南，有的在北，劳燕分飞，寄人篱下我又只身来此"饿乡"。这就是我的家庭。这就是所谓"家里还好"！

问题，问题！永不能解决的，假使我始终是"不会"生活不会做盗贼。况且这是共同的命运，让他如此，又怎么样呢？

总有那一天，所有的"士"无产阶级化了，那时我们做我们所能做的！总有那一天呵……

十一月二十六日

"我"

　　秋白的"我",不是旧时代之孝子顺孙,不能为现代"文明"所恶化。固然西欧文化的影响,如潮水一般,冲破中国的"万里长城"而侵入中国生活,然而……然而这一青年的生活自幼混洽世界史上几种文化的色彩,他已经不能确切的证明自己纯粹的"中国性",而"自我"的修养当有明确的罗针。况且谁也不保存自己个性抽象的真纯环境(亦许就是所谓"社会")没有不生影响的。

　　然而个性问题有渊深的内性:有人既发展自我的个性,又能排除一切妨碍他的,主观的,困难环境而进取,屈伸自如,从容自在;或者呢,有人要发展自己的个性,狂暴忿怒面红耳赤的与障碍相斗,以致于失全力于防御斗争中,至于进取的创造力,则反等于零;或者呢,有人不知发展他的个性,整个儿的为"社会"所吞没,绝无表示个性的才能。这是三种范畴。具体而论,人处于各种民族不同的文化相交流或相冲突之时,在此人类进步的过程中,或能为此过程尽力,同时实现自我的个性,即此增进人类的文化;或盲目固执一民族的文化性,不善融洽适应,自疲其个性,为陈死的旧时代而牺牲;竟或暴露其"无知",仅知如蝇之附臭,汩没民族的个性,戕贼他的个我,去附庸所谓"新派"。三者之中,能取其哪一种?

　　如此,则我的职任很明了。"我将成什么?"盼望"我"成一人类新文化的胚胎。新文化的基础,本当联合历史上相对待的而现今时代之初又相补助的两种文化:东方与西方。现时两种文化,代表过去时代的,都有危害的病状,一病资产阶级的市侩主义,一病"东方式"的死寂。

"我"不是旧时代之孝子顺孙,而是"新时代"的活泼稚儿。

固然不错,我自然只能当一很小很小无足重轻的小卒,然而始终是积极的奋斗者。

我自是小卒,我却编入世界的文化运动先锋队里,他将开全人类文化的新道路,亦即此足以光复四千余年文物灿烂的中国文化。

"我"的意义:我对社会为个性,民族对世界为个性。

无"我"无社会,无动的我更无社会。无民族性无世界,无动的民族性,更无世界。无社会与世界,无交融洽作的,集体而又完整的社会与世界,更无所谓"我",无所谓民族,无所谓文化。

多余的话

"知我者，谓我心忧；不知我者，谓我何求。"

何必说？——代序

　　话既然是多余的，又何必说呢？已经是走到了生命的尽期，余剩的日子，不但不能按照年份来算，甚至不能按星期来算了。就是有话，也是可说可不说的了。但是，不幸我卷入了"历史的纠葛"——直到现在，外间好些人还以为我是怎样怎样的。我不怕人家责备、归罪，我倒怕人家"钦佩"。但愿以后的青年不要学我的样子，不要以为我以前写的东西是代表什么主义的。所以我愿意趁这余剩的生命还没有结束的时候，写一点最后的最坦白的话。而且，因为"历史的误会"，我十五年来勉强做着政治工作。——正因为勉强，所以也永远做不好，手里做着这个，心里想着那个。在当时是形格势禁，没有余暇和可能说一说我自己的心思，而且时刻得扮演一定的角色。现在我已经完全被解除了武装，被拉出了队伍，只剩得我自己了，心上有不能自已的冲动和需要。说一说内心的话，彻底暴露内心的真相。布尔什维克所讨厌的小资产阶级知识者的自我分析的脾气，不能够不发作了。虽然我明知道这里所写的，未必能够到得读者手里，也未必有出版的价值，但是，我还是写一写罢。人往往喜欢谈天，有时候不管听的人是谁，能够乱谈几句，心上也就痛快了。何况我是在绝灭的前夜，这是我最后"谈天"的机会呢！

历史的误会

　　我在母亲自杀、家庭离散之后，孑然一身跑到北京，只愿能够考进北大，研究中国文学，将来做个教员度过这一世。什么"治国平天下"的大志都是没有的，坏在"读书种子"爱书本子，爱文艺，不能安分守己地专心于升官发财。到了北京之后，住在堂兄纯白家里，北大的学膳费也希望他能够帮助我——他却没有这种可能，叫我去考普通文官考试，又没有考上，结果，是挑选一个既不要学费又有"出身"的外交部立俄文专修馆去进。这样，我就开始学俄文（一九一七年夏），当时并不知道俄国已经革命，也不知道俄国文学的伟大意义，不过当作将来谋一碗饭吃的本事罢了。

　　一九一八年开始看了许多新杂志，思想上似乎有相当的进展，新的人生观正在形成。可是，根据我的性格，所形成的与其说是革命思想，毋宁说是厌世主义的理智化。所以最早我国郑振铎、瞿世英、耿济之几个朋友组织《新社会》杂志的时候，我是一个近于托尔斯泰派的无政府主义者，而且，根本上我不是一个"政治动物"。五四运动期间，只有极短期的政治活动。不久，因为已经能够查着字典看俄国文学名著，我的注意力就大部分放在文艺方面了。对于政治上的各种主义，都不过略略"涉猎"求得一些现代常识，并没有兴趣去详细研究。然而可以说，这时就开始"历史的误会"了：事情是这样的——五四运动一开始，我就当了俄文专修的总代表之一。

　　当时的一些同学里，谁也不愿意干，结果，我得做这一学校的"政治领袖"，我得组织同学群众去参加当时的政治运动。不久,李大钊,张崧年他们发起马克思主义研究会(或是"俄罗斯研究会"罢?),我也因为读了俄文的倍倍尔的《妇女与社会》的某几段,对于社会——尤其是社会主义最终理想发生了好奇心和研究的兴趣,所以也加入了。这时候大概是一九一九年底一九二○年初,学生运动正在转变和分化,学生会的工作也没有以前那么热烈了。我就多读一些书。

最后,有了机会到俄国去了——北京晨报要派通信记者到莫斯科去,来找我。我想,看一看那"新国家",尤其是借此机会把俄国文学好好研究一下,的确是一件最惬意的事,于是就动身去(一九二○年八月)。

最初,的确吃了几个月的黑面包,饿了好些时候。后来俄国国内战争停止,新经济政策实行,生活也就宽裕了些。我在这几个月内请了私人教授,研究俄文、俄国史、俄国文学史;同时,为着应付晨报的通信,也很用心看俄国共产党的报纸、文件,调查一些革命事迹。我当时对于共产主义只有同情和相当的了解,并没有想到要加入共产党,更没有心思要自己来做中国共产党的"创始人"。因为那时候,我误会着加入了党就不能专修文学——学文学仿佛就是不革命的观念,在当时已经通行了。

可是,在当时的莫斯科,除我以外,一个俄文翻译都找不到。因此,东方大学开办中国班的时候(一九二一年秋),我就当了东大的翻译和助教;因为职务的关系,对马克思主义的理论书籍不得不研究些,而文艺反而看得少了。不久(一九二二年底),陈独秀代表中国共产党到莫斯科(那时我已经是共产党员,还是张太雷介绍我进党的),我就当他的翻译。独秀回国的时候,他要我回去工作,我就同了他回到北京。于右任、邓仲夏等创办"上海大学"的时候,我正在上海。这是一九二二年夏天。他们请我当上大的教务长兼社会学系主任。那时,我在党内只兼着一点宣传工作,编辑《新青年》。

上大初期,我还有余暇研究一些文艺问题,到了国民党改组,我来往上海广州之间,当翻译,参加一些国民党的工作(例如上海的国民党中央执行部委员等);而一九二五年一月共产党第四次全国代表大会,又选举了我的中央委员。这时候,就简直完全只能做政治工作了。我的肺病又不时发作,更没有可能从事我所爱好的文艺。虽然我当时对政治问题还有相当的兴趣，可是有时还会怀念着文艺而"怅然若失"的。

武汉时代的前夜（一九二七年初），我正从重病之中脱险。将近病好的时候，陈独秀、彭述之等的政治主张，逐渐暴露机会主义的实质，一般党员对他们失掉了信仰。在中国共产党第五次大会上（一九二七年四五月间），独秀虽然仍旧被选，但是对于党的领导已经不大行了。武汉的国共分裂之后，独秀就退出中央。那时候，没有别人主持，就轮到我主持中央政治局。其实，我虽然在一九二六年年底及一九二七年年初就发表了一些议论反对彭述之，随后不得不反对陈独秀，可是，我根本上不愿意自己来代替他们——至少是独秀。我确是一种调和派的见解。当时只想独秀能够纠正他的错误观念，不听述之的理论。等到实逼处此，要我"取独秀而代之"，我一开始就觉得非常之"不合式"，但是，又没有什么别的办法。这样我担负了直接的政治领导的一年光景（一九二七年七月到一九二八年五月）。这期间发生了南昌暴动，广州暴动，以及最早的秋收暴动。当时，我的领导在方式上同独秀时代不同了。独秀是事无大小都参加和主持的。我却因为对组织尤其是军事非常不明了，也毫无兴趣，所以只发表一般政治主张，其余调遣人员和实行的具体计划等，就完全听组织部军事部去办。那时自己就感觉到空谈无聊，但是一转念要退出领导地位，又感到好像是拆台。这样，勉强着度过了这一时期。

一九二八年六月间共产党开第六次大会的时候，许多同志反对我，也有许多同志赞成我。我的进退成为党的政治主张的联带问题。所以，我虽然屡次想说"你们饶了我吧，我实在没有兴趣和能力负担这个领导工作了"。但是，终于没有说出口。当时形格势禁，旧干部中又没有别人，新干部起来领导的形势还没有成熟，我只得仍旧担着这个名义。可是，事实上"六大"之后，中国共产党的直接领导者是李立三和向忠发等等。因为他们在国内主持实际工作，而我在莫斯科当代表当了两年。直到立三的政治路线走上了错误的道路，我回到上海开三中全会（一九三〇年九月底），我更觉得自己的政治能力确实非常薄弱，竟辨别不出立三的错误程度。结果，中央不得不再招集会议——就是四中全会，来开除立三的中央委员、我的政治局委员，新干部起来接替了政治的最高领导。

我当时觉得松了一口气。从一九二五年到一九三一年初，整整五年。我居然当了中国共产党领袖之一，最后三年甚至仿佛是最主要的领袖（不过并没有像外间传说的"总书记"的名义）。

我自己忖度着，像我这样的性格、才能、学识，当中国共产党的领袖确实是一个"历史的误会"。我本是一个半吊子的"文人"而已，直到最后还是"文人积习未除"的。对于政治，从一九二七年起就逐渐减少兴趣。到最近一年——在瑞金的一年实在完全没有兴趣了。工作是"但求无过"的态度，全国的政治情形实在懒得问。一方面固然是身体衰弱，精力短少，而表现十二分疲劳的状态；别的方面也是几十年为着"顾全大局"勉强负担一时的政治翻译、政治工作，而一直拖延下来，实在违反我的兴趣和性情的结果。这真是十几年的一场误会，一场噩梦。

我写这些话，绝不是要脱卸什么责任——客观上我对共产党或是国民党的"党国"应当担负什么责任，我决不推托，也决不能用我主观的情绪来加以原谅或者减轻。我不过想把我的真情，在死之前，说出来罢了。总之，我其实是一个很平凡的文人，竟虚负了某某党的领袖的名声十来年，这不是"历史的误会"，是什么呢？

脆弱的二元人物

　　一只羸弱的马拖着几千斤的辎重车,走上了险峻的山坡,一步步地往上爬,要往后退是不可能,要再往前去是实在不能胜任了。我在负责政治领导的时期,就是这样一种感觉。欲罢不能的疲劳使我永久感觉一种无可形容的重压。精神上政治上的倦怠,使我渴望"甜蜜的"休息,以致于脑筋麻木,停止一切种种思想。一九三一年一月的共产党四中全会开除了我的政治局委员之后,我的精神状态的确是"心中空无所有"的情形,直到现在还是如此。

　　我不过三十六岁(虽然照阴历的习惯我今年是三十八岁),但是,自己觉得已经非常地衰惫,丝毫青年壮年的兴趣都没有了。不但一般的政治问题懒得去思索,就是一切娱乐,甚至风景都是漠不相关的了。本来我从一九一九年就得了吐血病,一直没有好好医治的机会。肺结核的发展曾经在一九二六年走到非常危险的阶段,那年幸而勉强医好了。可是立即赶到武汉去,立即又是半年最忙碌紧张的工作。虽然现在肺痨的最危险期逃过了,而身体根本弄坏了,虚弱得简直是一个废人。从一九二〇年直到一九三一年初,整整十年——除却躺在床上不能行动神志昏瞀的几天以外——我的脑筋从没有得到休息的日子。在负责时期,神经的紧张自然是很厉害的,往往十天八天连续的不安眠,为着写一篇政治论文或者报告。这继续十几年的不休息,也许是我精神疲劳和十分厉害的神经衰弱的原因,然而究竟我离衰老时期还很远。这十几年的辛劳,确实算起来,也不能说怎麽了不得,而我竟成了颓丧残废的废人了。我是多么脆弱,多么不禁磨练呵！

或者，这不尽是身体本来不强壮，所谓"先天不足"的原因罢。

我虽然到了十三、四岁的时候就很贫苦了，可是我的家庭，世代是所谓"衣租食税"的绅士阶级，世代读书，也世代做官。我五、六岁的时候，我的叔祖瞿庚韶，还在湖北布政使任上。他死的时候，正署理湖北巡抚。因此，我家的田地房屋虽然几十年前就已经完全卖尽，而我小时候，却靠着叔祖伯父的官俸过了好几年十足的少爷生活。绅士的体面"必须"维持。我母亲宁可自杀而求得我们兄弟继续读书的可能；而且我母亲因为穷而自杀的时候，家里往往没有米煮饭的时候，我们还用着一个仆妇（积欠了她几个月的工资，到现在还没有还清）。我们从没有亲手洗过衣服，烧过一次饭。

直到那样的时候，为着要穿长衫，在母亲死后，还剩下四十多元的裁缝债，要用残余的木器去抵账。我的绅士意识——就算是深深潜伏着表面不容易察觉罢——其实是始终没脱掉的。

同时，我二十一二岁，正当所谓人生观形成的时期，理智方面是从托尔斯泰式的无政府主义很快就转到了马克思主义。人生观或是主义，这是一种思想方法——所谓思路；既然走上了这条道路，却不是轻易就能改换的。而马克思主义是什么？是无产阶级的宇宙观和人生观。这同我潜伏的绅士意识、中国式的士大夫意识、以及后来蜕变出来的小资产阶级或者市侩式的意识，完全处于敌对的地位。没落的中国绅士阶级意识之中，有些这样的成分：例如假惺惺的仁慈礼让、避免斗争……以致寄生虫式的隐士思想。（完全破产的绅士往往变成城市的波希美亚 ——高等游民，颓废的、脆弱的、浪漫的，甚至狂妄的人物。说得实在些，是废物。我想，这两种意识在我内心里不断地斗争，也就侵蚀了我极大部分的精力。我得时时刻刻压制自己绅士和游民式的情感，极勉强地用我所学到的马克思主义的理智来创造新的情感、新的感觉方法。可是无产阶级意识在我的内心里是始终没有得到真正的胜利的。）当我出席政治会议，我就会"就事论事"，抛开我自己的"感觉"专就我所知道的那一点理论去推断一个问题，决定一种政策等等。但是，我一直觉得这工作是"替别人做的"。我每次开会或者做文章的时候，都觉得很麻烦，总在急急于结束，好"回到自己那里去"休息。我每每幻想着:我愿意到随便一个小市镇去当一个教员,并不是为着发展什么教育,只不过求得一口饱饭罢了。在余的时候,读读自己所爱读的书、文艺、小说、诗词、歌曲之类,这不是很逍遥的吗?

这种两元化的人格,我自己早已发觉——到去年更是完完全全了解了,已经不能丝毫自欺的了;但是"八七"会议之后,我并没有公开地说出来,四中全会之后也没有说出来,在去年我还是决断不下,以致延迟下来,隐忍着,甚至对之华(我的爱人)也只偶然露一点口风,往往还要加一番弥缝的话。没有这样的勇气。

可是真相是始终要暴露的,"二元"之中总有"一元"要取得实际上的胜利。正因为我的政治上疲劳倦怠,内心的思想斗争不能再持续了。老实说,在四中全会之后,我早已成为十足的市侩——对于政治问题我竭力避免发表意见。中央怎么说,我就怎么说,认为我说错了,我立刻承认错误,也没有什么心思去辩白。说我是机会主义就是机会主义好了,一切工作只要交代得过去就算了。我对于政治和党的种种问题,真没有兴趣去注意和研究。只因为六年的"文字因缘",对于现代文学以及文学史上的各种有趣的问题,有时候还有点兴趣去思考一下,然而大半也是欣赏的分数居多,而研究分析的分数较少。而且体力的衰弱也不容许我多所思索了。体力上的感觉是:每天只要用脑到两三小时以上,就觉得十分疲劳,或者过分的畸形的兴奋——无所谓的兴奋,以致于不能睡觉,脑痛……冷汗。唉,脆弱的人呵!所谓无产阶级的革命队伍需要这种东西吗?!我想,假定我保存这多余的生命若干时候,我另有拒绝用脑的一个方法,我只做些不用自出心裁的文字工作,"以度余年"。但是,最后也是趁早结束了罢。

我和马克思主义

当我开始我的社会生活的时候,正是中国的"新文化"运动的浪潮非常汹涌的时期。为着继续深入地研究俄文和俄国文学,我刚好又不能不到世界第一个"马克思主义的国家"去。我那时的思想是很紊乱的:十六、七岁开始读了些老庄之类的子书,随后是宋儒语录,随后是佛经、《大乘起星信论》——直到胡适之的《哲学史大纲》、梁漱溟的《印度哲学》,还有当时出版的一些科学理论、文艺评论。在到俄国之前,固然已经读过倍倍尔的著作,《共产党宣言》之类,极少几本马克思的书籍,然而对马克思主义的认识是根本说不上的。

而且,我很小的时候,就不知怎样有一个古怪的想头:为什么每一个读书人都要去"治国平天下"呢?个人找一种学问或是文艺研究一下不好吗?所以我到俄国之后,虽然因为职务的关系,时常得读些列宁他们的著作、论文、演讲,可是这不过求得对于俄国革命和国际形势的常识,并没有认真去研究。政治上一切种种主义,正是"治国平天下"的各种不同的脉案和药方。我根本不想做"王者之师",不想做"诸葛亮"——这些事自然有别人去干——我也就不去研究了。不过,我对于社会主义或共产主义的终极理想,却比较有兴趣。记得当时懂得了马克思主义的共产社会同样是无阶级、无政府、无国家的最自由的社会,我心上就很安慰了,因为这同我当初无政府主义、和平博爱世界的幻想没有冲突了。所不同的是手段。马克思主义告诉我要达到这样的最终目的,客观上无论如何也逃不了最尖锐的阶级斗争,以致无产阶级专政——也就是无产阶级统治国家的一个阶段。为着要消灭"国家",一定要先组织一时期的新式国家;为着要实现最彻底的民权主义(也就是所谓的民权的社会),一定要先实行无产阶级的民权。这表面上"自相矛盾",而实际上很有道理的逻辑——马克思主义所谓辩证法——使我很觉得有趣。我大致了解了这问题,就搁下了,专心去研究俄文,至少有大半年,我没有功夫去管什麽主义不主义。

后来,莫斯科东方大学要我当翻译,才没的办法又打起精神去看那一些书。谁知越到后来就越没有功夫继续研究文学,不久就喧宾夺主了。

但是,我第一次在俄国不过两年,真正用功研究马克思主义的常识不过半年,这是随着东大课程上的需要看一些书。明天要译经济学上的那一段,今天晚上先看一道,作为预备。其它唯物史观哲学等等也是如此。这绝不是有系统的研究。至于第二次我到俄国(一九二八年——一九三〇年),那时当着共产党的代表,每天开会,解决问题,忙个不了,更没有功夫做有系统的学术上的研究。

马克思主义的主要部分:唯物论的哲学。唯物史观——阶级斗争的理论,以及经济政治学,我都没有系统地研究过。资本论——我就根本没有读过,尤其对于经济学我没有兴趣。我的一点马克思主义理论的常识,差不多都是从报章杂志上的零星论文和列宁几本小册子上得来的。

可是,在一九二三年的中国,研究马克思主义以至一般社会学的人,还少得很。因此,仅仅因此,我担任了上海大学社会学系教授之后,就逐渐地偷到所谓"马克思主义理论家"的虚名。

其实,我对这些学问,的确只知道一点皮毛。当时我只是根据几本外国文的书籍转译一下,编了一些讲义。现在看起来,是十分幼稚、错误百出的东西。现在有许多新进的青年,许多比较有系统地研究了马克思主义的学者——而且国际的马克思主义的学术水平也提高了许多。

还有一个更重要的"误会",就是用马克思主义来研究中国的现代社会,部分的是研究中国历史的发端——也不得不由我来开始尝试。五四以后的五年中间,记得只有陈独秀、戴季陶、李汉俊几个人写过几篇关于这个问题的论文,可是都是无关重要的。我回国之后,因为已经在党内工作,虽然只有一知半解的马克思主义知识,却不由我不开始这个尝试:分析中国资本主义关系的发展程度,分析中国社会阶级分化的性质,阶级斗争的形势,阶级斗争和反帝国主义的民族解放运动的关系等等。

从一九二三年到一九二七年,我在这方面的工作,自然,在全党同志的督促,实际斗争的反映,以及国际的领导之下,逐渐有相当的进步。这决不是我一个人的工作,越到后来,我的参加越少。单就我的"成绩"而论,现在所有的马克思主义者都可明显地看见,我在当时所做的理论上的错误,共产党怎样纠正了我的错误,以及我的理论之中包含着多么混杂和小资产阶级机会主义的成分。

这些机会主义的成分发展起来,就形成错误的政治路线,以致于中国共产党中央委员会不能不开除我的政治局委员。的确,到一九三〇年,我虽然在国际上参加了两年的政治工作,相当得到一些新的知识,受到一些政治上的锻炼,但是,不但不进步,自己反而觉得退步了。中国的阶级斗争早已进到了更高的阶段,对于中国的社会关系和政治形势,需要更深刻更复杂的分析,更明了的判断,而我的那点知识绝对不够,而且非无产阶级的反布尔塞维克的意识就完全暴露了。

当时,我逐渐觉得许多问题,不但想不通,甚至不想动了。新的领导者发挥某些问题议论之后,我会感觉到松快,觉得这样解决原是最适当不过的,我当初为什么简直想不通;但是——也有时候会觉得不了解。

此后,我勉强自己去想一切"治国平天下"的大问题的必要,已经没有了!我在十二分疲劳和吐血症复发的期间,就不再去"独立思索"了。一九三一年初,就开始我政治上以及政治思想上的消极时期,直到现在。从那时候起,我没有自己的思想。(我以中央的思想为思想。)这并不是说我是一个很好的模范党员,对于中央的理论政策都完全而深刻的了解。相反的,我正是一个最坏的党员,早就值得开除的,因为我对中央的理论政策不加思索了。偶尔我也有对中央政策怀疑的时候,但是,立刻就停止怀疑了——因为怀疑也是一种思索;我既然不思索了——自然也就不怀疑。

我的一知半解的马克思主义知识,曾经在当时起过一些作用——好的坏的影响都是人所共知的事情,不用我自己来判断——而到了现在,我已经在政治上死灭,不再是一个马克思主义的宣传者了。

同时要说我已放弃了马克思主义,也是不确切的。如果要同我谈起一切种种政治问题,我除开根据我那一点一知半解的马克思主义的方法来推论以外,却又没有什么别的方法。事实上我这些推论又恐怕包含着许多机会主义,也就是反马克思列宁主义的观点在内,这是"亦未可知"的。

因此,我更不必狂然费力去思索:我的思路已经在青年时期走上了马克思主义的初步,无从改变;同时,这思路却同非马克思主义的岐路交错着,再自由任意地走去,不知会跑到什么地方去。——而最主要的是我没勇气再跑了,我根本没有精力在作政治的社会科学的思索了。

盲动主义和立三路线

当我不得不负担中国共产党的政治领导的时候,正是中国革命进到了最巨大的转变和震荡的时代,这就是武汉时代结束之后。分析新的形势,确定新的政策,在中国民族解放运动和阶级斗争最复杂最剧烈的路线汇合分化转变的时期,这是一个非常艰巨的任务。当时,许多同志和我,多多少少都犯了政治上的错误;同时,更有许多以前的同志在这阶级斗争进一步的关口,自觉或不自觉的离开了革命队伍。在最初,我们在党的领导之下所决定的政策一般的是不正确的。武汉分裂以后,我们接着就决定贺叶的南昌暴动和两湖广东暴动(一九二七年),到十一月又决定广州暴动。这些暴动本身并不是什么盲动主义,因为都有相当的群众基础。固然,中国的一般革命形势,从一九二七年三月底英美日帝国主义炮轰南京威胁国民党反共以后,就已经开始低落;但是,接着而来的武汉政府中的奋斗、分裂——直到广州暴动的举出苏维埃旗帜,都还是革命势力方面正当的挽回局势的尝试,结果,是失败了——就是说没有能够把革命形势重新转变到高涨的阵容,必须另起炉灶。而我——这时期当然我应当负主要的责任——在一九二八年初,广州暴动失败之后,仍旧认为革命形势一般的存在,而且继续高涨,这就是盲动主义的路线了。

原本个别的盲动现象,我们和当时的中央从一九二七年十月起就表示反对;对于有些党部不努力去领导和争取群众,反而孤注一掷,或者仅仅去暗杀豪绅之类的行动,我们总是加以纠正的。可是,因为当时整个路线错误,所以不管主观上怎样了解盲动主义现象不好，费力于枝枝节节的纠正，客观上却在领导着盲动主义的发展。

中国共产党第六次大会纠正了这个错误，使政策走上了正确的道路。自然，武汉时代之后，我们所得到的中国革命之中的最重要的教训：例如革命有一省或几省先胜利的可能和前途，反帝国主义革命最密切的和土地革命联系着等——都是"六大"所采纳的。苏维埃革命的方针，就在"六大"更明确地规定下来。

但是以我个人而论，在那个时候，我的观点之中不仅有过分估量革命形势的发展，以致助长盲动主义的错误。对于中国农民阶层的分析，认为富农还在革命战线之内，认为不久的将来就可以在某些大城市取得暴动的胜利等观点，也已经潜伏着或者有所表示。不过，同志们都没有发觉这些观点的错误，还没有指出来。我自己当然更不会知道这些是错误的。直到一九二九年秋天，讨论农民问题的时候，才开始暴露我在农民问题上的错误。不幸得很，当时没有更深刻更无情的揭发……。

此后，就来了立三路线的问题了。

一九二九年底，我还在莫斯科的时候，就听说立三和忠发的政策有许多不妥当的地方。同时，莫斯科中国劳动大学（前称孙中山大学）的学生中间发生非常剧烈的斗争。我向来没有知人之明，只想弥缝缓和这些斗争，觉得互相攻讦批评的许多同志都是好的，听他们所说的事情却往往有些非常出奇，似乎都是故意夸大事实，奉为"打倒"对方的理由。因此，我就站在调和的立场。这使得那里的党部认为我恰好是机会主义和异己分子的庇护者。结果，撤销了我的中国共产党驻莫斯科代表的职务，准备回国。自然，在回国任务之中，最主要的是纠正立三的错误，消灭莫斯科中国同志的派别观念对于国内同志的影响。

但是，事实上我什么也没做到。立三的错误在那时——一九三〇年夏天——已经形成了自己的半托洛茨基的路线，派别观念也使得党内到处压抑莫斯科回国的新干部。而我回来召集的三中全会，以及中央一切处置，都只是零零碎碎地纠正了立三的一些显而易见的错误。既没有指出立三的路线错误，更没有在组织上和一切计划及实际工作上保证国际路线的执行。实际上我的确没有认出立三路线和国际路线的根本不同。

老实说,立三路线是我的许多错误观点——有人说是瞿秋白主义——逻辑的发展。立三的错误政策可以说是一种失败主义。他表面上认为中国全国的革命胜利的局面已经到来,这会推动全世界的成功,其实是觉得自己没有把握和发展苏维埃革命在几个县区的胜利,革命前途不是立即向大城市发展而取得全国胜利以至全世界的胜利,就是迅速的败亡,所以要孤注一掷地拼命。这是用左倾空谈来掩盖右倾机会主义的实质。因此在组织上,在实际上,在土地革命的理论上,在工会运动的方针上,在青年运动和青年组织等等各种问题上……无往而不错。我在当时却辨别不出来。事后我曾说,假定"六大"之后,留在中国直接领导的不是立三而是我,那么,在实际上我也会走到这样的错误路线,不过不至于像立三这样鲁莽,也可以说,不会有立三那样的勇气。我当然间接地负着立三路线的责任。

于是四中全会后,就决定了开除立三的中央委员,开除我的政治局委员。我呢,像上面已经说过的,正感谢这一开除,使我卸除了千均万担。我第二次回国是一九三〇年八月中旬,到一九三一年一月七日,我就离开了中央政治领导机关。这期间只有半年不到的时间。可是这半年时间对于我几乎比五十年还长!人的精力已经完全用尽了似的,我请了长假休息医病——事实上从此脱离了政治舞台。

再想回头来干一些别的事情,例如文艺的译著等,已经觉得太迟了。从一九二〇年到一九三〇年,整整十年我离开了"自己的家"——我所愿意干的俄国文学的研究——到这时候方回来,不但田园荒芜,而且自己的力气也已经衰惫了。自然,有可能还是干一干,"以度余年"的。可是接着就是大病,时发时止,耗费了三年的光阴。一九三四年一月,为着在上海养病的不可能,又跑到瑞金——到瑞金已是二月五日了——担任了人民委员的消闲职务。可是,既然在苏维埃中央担负了一部分的工作,虽然不用出席党的中央会议,不必参与一切政策的最初议论和决定,然而要完全不问政治又办不到。我就在敷衍塞责、厌倦着政治却又不得不略微问一问政治的状态中间,过了一年。

最后这四年中间,我似乎记得还做了几次政治问题上的错误。但是现在我连内容都记不清楚了,大概总是我的老机会主义发作罢了。我自己不愿意有什么和中央不同的政见。我总是立刻"放弃"这些错误的见解,其实我连想也没有仔细想,不过觉得争辩起来太麻烦了,既然无关紧要,就算了吧。

我的政治生命其实早已结束了。

最后这四年,还能说我继续在为马克思主义奋斗,为苏维埃奋斗,为站着党的正确路线奋斗吗?例行公事办了些,说"奋斗"是太恭维了。以前几年的盲动主义和立三路线的责任,都决不应当因此而减轻的;相反,在共产党的观点上来看,这个责任倒是更加加重了。历史的事实是抹煞不了的,我愿意受历史的最公平的裁判!

"文人"

"一为文人，便无足观"，——这是清朝一个汉学家说的。的确，所谓"文人"正是无用的人物。这并不是现代意义的文学家、作家或是文艺评论家，这是吟风弄月的"名士"，或者是……说简单些，读书的高等游民。他什么都懂得一点，可是一点没有真实的知识。正因为他对于当代学术水平以上的各种学问都有少许的常识，所以他自以为是学术界的人。可是，他对任何一种学问都没有系统的研究、真正的心得，所以他对于学术是不会有什么贡献的，对于文艺也不会有什么成就的。

自然，文人也有各种各样不同的典型，但是大都实际上是高等游民罢了。假如你是一个医生，或是工程师，化学技师……真正的作家，你自己会感觉到每天生活的价值，你能够创造或是修补一点什么，只要你愿意。就算你是一个真正的政治家罢，你可以做错误。你可以坚持你的错误，但是也会认真地为着自己的见解去斗争、实行。只有文人就没有希望了，他往往连自己也不知道究竟做的是什么！"文人"是中国中世纪的残余和"遗产"——一份很坏的遗产。我相信，再过十年八年没有这一种知识分子了。

不幸，我自己不能够否认自己正是"文人"之中的一种。

固然，中国的旧书，十三经、二十四史、子书、笔记、丛书、诗词曲等，我都看过一些，但是我是找到就看，忽然想起就看，没有什么研究的。一些科学论文，马克思主义的非马克思主义的，我也看过一些，虽然很少。所以这些新新旧旧的书对于我，与其说是知识的来源，不如说是清闲的工具。究竟在哪一种学问上，我有点真实的知识？我自己是回答不出的。可笑的很，我做过所谓"杀人放火"的共产党的领袖？可是，我确是一个最懦怯的"婆婆妈妈"的书生，杀一只老鼠都不会的，不敢的。

但是，真正的懦怯不在这里。首先是差不多完全没有自信力，每一个见解都是动摇的，站不稳的。总希望有一个依靠。记得布哈林初次和我谈话的时候，说过这么一句俏皮话："你怎么和三层楼上的小姐一样，总那么客气，说起话来，不是'或是'，就是'也许'、'也难说'……等"。其实，这倒是真心话。可惜的是人家往往把我的坦白当作"客气"或者"狡猾"。我向来没有为着自己的见解而奋斗的勇气，同时，也很久没有承认自己错误的勇气。当一种意见发表之后，看看没有有力的赞助，立刻就怀疑起；但是，如果没有另外的意见来代替，那就只会照着这个自己也怀疑的意见做去。看见一种不大好的现象，或是不正确的见解，却没有人出来指摘，甚至其势汹汹的大家认为这是很好的事情，我也始终没有勇气说出自己的怀疑来。优柔寡断，随波逐流，是这种"文人"必然性格。

虽然人家看见我参加过几次大的辩论，有时候仿佛很激烈，其实我是很怕争论的。我向来觉得对方说的话"也对"，"也有几分理由"，"站在对方的观点上他当然是对的"。我似乎很懂得孔夫子忠恕之道。所以我毕竟做了"调和派"的领袖。假使我激烈的辩论，那么，不是认为"既然站在布尔塞维克的队伍里就不应当调和"，因此勉强着自己，就是没有抛开"体面"立刻承认错误的勇气，或者是对方的话太幼稚了，使我"箭在弦上不得不发"。

其实，最理想的世界是大家不要争论，"和和气气的过日子"。

我有许多标本的"弱者的道德"——忍耐，躲避讲和气，希望大家安静些，仁慈些等等。固然从少年时候起，我就憎恶贪污、卑鄙……以致一切恶浊的社会现象，但是我从来没有想做侠客。我只愿意自己不做那些罪恶。有可能呢，去劝劝他们不要在那样做；没有可能呢，让他们去罢，他们也有他们的不得已的苦衷罢！我的根本性格，我想，不但不足以锻炼成布尔什维克的战士，甚至不配做一个起码的革命者。仅仅为着"体面"，所以既然卷进了这个队伍，也就没有勇气自己认识自己，而请他们把我洗刷出来。

　　但是我想,如果叫我做一个"戏子"——舞台上的演员,到很会有些成绩,因为十几年我一直觉得自己一直在扮演一定的角色。扮着大学教授,扮着政治家,也会真正忘记自己而完全成为"剧中人"。虽然,这对于我很痛苦,得每天盼望着散会,盼望同我谈政治的朋友走开,让我卸下戏装,还我本来面目——躺在床上去,极疲乏的念着:"回'家'去罢,回'家'去罢!"这的确是很苦的——然而在舞台上的时候,大致总还扮的不差,像煞有介事的。为什么?因为青年精力比较旺盛的时候,一点游戏和做事的兴总会有的。即时不是你自己的事,当你把他做好的时候,你也感觉到一时的愉快。譬如你有点小聪明,你会摆好几幅"七巧版图"或者"益智图",你当时一定觉得痛快,正像在中学校的时候,你算出几个代数难题似的,虽然你并不预备做数学家。

　　不过,扮演舞台上的角色究竟不是"自己的生活",精力消耗在这里,甚至完全用尽,始终是后悔也来不及的事情。等到精力衰惫的时候,对于政治的舞台,实在是十分厌倦了。庞杂而无秩序的一些书本上的知识和累赘而反乎自己兴趣的政治生活,使我麻木起来,感觉生活的乏味。

　　本来,书生对于宇宙间的一切现象,都不会有亲切的了解,往往会把自己变成一大堆抽象名词的化身。一切都有一个"名词",但是没有实感。譬如说,劳动者的生活、剥削、斗争精神、土地革命、政权等……一直到春花秋月、崚嶒、委蛇,一切种种名词、概念、词藻,说是会说的,等到追问你究竟是怎么一回事,那就会感觉到模糊起来。

　　对于实际生活,总像雾里看花似的,隔着一层膜。"文人"和书生大致没有任何一种具体的知识。他样样都懂得一点,其实样样都是外行。要他开口议论一些"国家大事",在不太复杂和具体的时候,他也许会。但是,叫他修理一辆汽车,或者配一剂药方,办一个合作社,买一批货物,或者清理一本帐目,再不然,叫他办好一个学校……总之,无论哪一件具体而切实的事情,他都会觉得没有把握的。例如,最近一年来,叫我办苏维埃的教育。固然,在瑞金、宁都、兴国这一带的所谓"中央苏区",原来是文化落后的地方,譬如一张白纸,在刚刚着手办教育的时候,只是办义务小学校,开办几个师范学校(这些都做了)。但是,自己仔细想一想,对于这些小学校和师范学校,小学教育和儿童教育的特殊问题,尤其是国内战争中工农群众教育的特殊问题,都实在没有相当的知识,甚至普通常识都不够! 近年来,感觉到这一切种种,很愿意"回过去再生活一遍"。

雾里看花的隔膜的感觉,使人觉得异常地苦闷、寂寞和孤独,很想仔细地亲切地尝试一下实际生活的味道。譬如"中央苏区"的土地革命已经有三四年,农民的私人日常生活究竟有了怎样的具体变化? 他们究竟是怎样的感觉? 我曾经去考察过一两次。一开口就没有"共同的语言",而且自己也懒惰得很,所以终于一无所得。

可是,自然而然地,我学着比较精细地考察人物,领会一切"现象"。我近年来重新来读一些中国和西欧的文学名著,觉得有些新的印象。你从这些著作中间,可以相当亲切地了解人生和社会,了解各种不同的个性,而不是笼统的"好人"、"坏人"、或是"官僚"、"平民"、"工人"、"富农"等等。摆在你面前的是有血有肉有个性的人,虽则这些人都在一定的生产关系、一定的阶级之中。

我想,这也许是从"文人"进到真正了解文艺的初步了。

是不是太迟了呢? 太迟了! 徒然抱着对文艺的爱好和怀念,起先是自己的头脑,和身体被"外物"所占领了。后来是非常的疲乏笼罩了我三四年,始终没有在文艺方面认真地用力。书是乱七八糟地看了一些;我相信,也许走进了现代文艺的水平线以上的境界,不致于辨别不出兴趣的高低。我曾经发表的一些文艺方面的意见,都驳杂得很,也是一知半解的。时候过得很快。一切都荒疏了。眼高手低是必然的结果。自己写的东西——类似于文艺的东西是不能使自己满意的,我至多不过是个"读者"。

讲到我仅有的一点具体知识,那就只有俄国文罢。假使能够仔细而郑重地,极忠实地翻译几部俄国文学名著,在汉字方面每字每句地斟酌着,也许不会"误人子弟"的。这一个最愉快的梦想,也比创作和评论方面再来开始求得什么成就,要实际得多。可惜,恐怕现在这个可能已经"过时"了!

告别

一出滑稽剧就此闭幕了！

我家乡有句俗话，叫做"捉住了老鸦在树上做窝"。这窝始终是做不成的。一个平心甚至无聊的"文人"，却要他担负几年的"政治领袖"的职务。这虽然可笑，却是事实。这期间，一切好事都不是由于他的功劳——实在是由于当时几位负责同志的实际工作，他的空谈不过是表面的点缀，甚至早就埋伏了后来的祸害。这历史的功罪，现在到了最终结算的时候了。你们去算账罢，你们在斗争中勇猛精进着，我可以羡慕你们，祝贺你们，但是已经不能够跟随你们了。我不觉得可惜，同样，我也不觉得后悔，虽然我枉费了一生心力在我所不感兴味的政治上。过去的是已经过去了，懊悔徒然增加现在的烦恼。应当清洗出队伍的，终究应当清洗出来，而且愈快愈好，更用不着可惜。

我已经退出了无产阶级的革命先锋队伍，已经停止了政治斗争，放下了武器。假使你们——共产党的同志们——能够早些听到我这里写的一切，那我想早就应当开除我的党籍。像我这样脆弱的人物，敷衍、清极、怠惰的分子，尤其重要的是空洞地承认自己错误而根本不能够转变自己的阶级意识和情绪，而且，因为"历史的偶然"，这并不是一个普通党员，而是曾经当过政治委员的——这样的人，如何不要开除呢？

现在，我已经是国民党的俘虏，再来说起这些，似乎是多余的了。但是，其实不是一样吗？我自由不自由，同样是不能够继续斗争了。虽然我现在才快要结束我的生命，可是我早已结束了我的政治生活。严格地讲，不论我自由不自由，你们早就有权利认为我也是叛徒的一种。如果不幸而我没有机会告诉你们我的最坦白最真实的态度而骤然死了，那你们也许还把我当一个共产主义的烈士。记得一九三二年讹传我死的时候，有的地方替我开了追悼会，当然还念起我的"好处"。我到苏区听到这个消息，真我不寒而栗，以叛徒而冒充烈士，实在太那个了。因此，虽然我现在已经囚在监狱里，虽然我现在很容易装腔作势慷慨激昂而死，可是我不敢这样做。历史是不能够，也不应当欺骗的。我骗着我一个人的身后虚名不要紧，叫革命同志误认叛徒为烈士却是大大不应该的。所以虽反正是一死，同样是结束我的生命，而我决不愿意冒充烈士而死。

永别了，亲爱的同志们！——这是我最后叫你们"同志"的一次。我是不配再叫你们"同志"的了。告诉你们：我实质上离开了你们的队伍好久了。

唉！历史的误会叫我这"文人"勉强在革命的政治舞台上混了好些年。我的脱离队伍，不简单地因为我要结束我的革命，结束这一出滑稽剧，也不简单地因为我的痼疾和衰惫，而是因为我始终不能够克服自己绅士意识，我究竟不能成为无产阶级的战士。

永别了，亲爱的朋友们！七八年来，我早已感觉到万分的厌倦。这种疲乏的感觉，有时候，例如一九三〇年初或是一九三四年八、九月间，简直厉害到无可形容、无可忍受的地步。我当时觉着，不管全宇宙的毁灭不毁灭，不管革命还是反革命等等，我只要休息，休息，休息！！好了，现在已经有了"永久休息"的机会。

我留下这几页给你们——我最后的最坦白的老实话。永别了！判断一切的，当然是你们，而不是我。我只要休息。

一生没有什么朋友，亲爱的人是很少的几个。而且除开我的之华以外，我对你们也始终不是完全坦白的。就是对于之华，我也只露过一点口风。我始终带着假面具。我早已说过：揭穿假面具是最痛快的事情，不但对于动手去揭穿别人的痛快，就是对于被揭穿的也很痛快，尤其是自己能够揭穿。现在我丢掉了最后一层假面具。你们应当祝贺我。我去休息了，永久去休息了，你们更应当祝贺我。

我时常说,感觉到十年二十年没有睡觉似的疲劳,现在可以得到永久的"伟大的"可爱的睡眠了。

从我的一生,也许可以得到一个教训:要磨练自己,要有非常巨大的毅力,去克服一切种种"异己的"意识以至最微细的"异己的"情感,然后才能从"异己的"阶级里完全跳出来,而在无产阶级的革命队伍里站稳自己的脚步。否则,不免是"捉住了老鸦在树上做窝",不免是一出滑稽剧。

我这滑稽剧是要闭幕了。

我留恋什么?我最亲爱的人,我曾经依傍着她度过了这十年的生命。是的,我不能没有依傍。不但在政治生活里,我其实从没有做过一切斗争的先锋,每次总要先找着某种依傍。不但如此,就是在私生活里,我也没有"生存竞争"的勇气,我不会组织自己的生活,我不会做极简单极平常的琐事。我一直是依傍着我得十分难受,因为我许多次对不起我这个亲人,尤其是我的精神上的懦怯,使我对于她也终究没有彻底的坦白,但愿她从此厌恶我,忘记我,使我心安罢。

我还留恋什么?这美丽的世界的欣欣向荣的儿童,"我的"女儿,以及一切幸福的孩子们。我替他们祝福。

这世界对于我仍然是非常美丽的。一切新的、斗争的、勇敢的都在前进。那么好的花朵、果子、那么清秀的山和水,那么雄伟的工厂和烟囱,月亮的光似乎也比从前更光明了。但是,永别了,美丽的世界!

一生的精力已经用尽,剩下一个躯壳。

如果我还有可能支配我的躯壳,我愿意把它给医学校的解剖室。听说中国的医学校和医院的实习室很缺乏这种实验用具。而且我是多年的肺结核者(从一九一九年到现在),时好时坏,也曾经照过几次 X 光的照片。一九三一年春的那一次,我看见我的肺部有许多瘢痕,可是医生也说不出精确的判断。假定先照过一张,然后把这躯壳解剖开来,对着照片研究肺部状态,那一定可以发见一些什么。这对肺结核的诊断也许有些帮助。虽然我对医学是完全外行,这话说的或许是很可笑的。

总之,滑稽剧始终是完全落幕了。舞台上空空洞洞的。有什么留恋也是枉然的了。好在得到的是"伟大的"休息。至于躯壳,也许不能由我自己作主了。

告别了,这世界的一切!

最后……俄国高尔基的《四十年》、《克里摩·萨摩京的生活》,屠格涅夫的《罗亭》,托尔斯泰的《安娜·卡里宁娜》,中国鲁迅的《阿 Q 正传》,茅盾的《动摇》,曹雪芹的《红楼梦》,都很可以再读一读。

中国的豆腐也是很好吃的东西,世界第一。

永别了!

心的声音

绪言

心呢？真如香象渡河，毫无迹象可寻；他空空洞洞，也不是春鸟也不是夏雷也不是冬风，更何处来的声音？静悄悄地听一听：隐隐约约，微微细细，一丝一息的声音都是外界的，何尝有什么"心的声音"，一时一刻，一分一秒间久久暂暂的声音都是外界的，又何尝有什么"心的声音"；千里万里，一寸尺间远远近近的声音，也都是外界的，更何尝有什么"心的声音"。钩鞫格礫，殷殷洪洪啾啾唧唧，呼号刁翟，这都听得狠清清楚楚么，却是怎样听见的呢？一丝一息的响动，澎湃訇磕的震动，鸟兽和人底声音，风雨江海底声音几千万年来永永不断，爆竹和发枪底声音一刹那间已经过去，这都听得清清楚楚么，都是怎样听见的？短衫袋时表的声音，枕上耳鼓里脉搏的声音，大西洋海啸的声音，太阳系外陨石的声音，这都听得清清楚楚么，却是怎样听见的呢？听见的声音果真有没有差误，我不知道，单要让他去响者自响让我来听者自听，我已经是不能做到，我静悄悄地听着，我安安静静地等着；响！心里响呢，心外响呢？心里响的——不是！心里没有响。心外响的——不是！要是心外响的，又怎样能听见他呢？我心上想着，我的心响着。

我听见的声音不少了！我听不了许多风箫细细，吴语喁喁底声音。我听不了许多管、弦、丝、竹、披霞那、繁华令底声音。我听不了许多呼卢喝雉，清脆的骰声,嘈杂的牌声。我听不了许多炮声,炸弹声,地雷声,水雷声,军鼓,军号,指挥刀、铁锁链底声。我更听不了许多高呼爱国底杀敌声。为什么我心上又一一有回音?

一九一九年五月一日我在亚洲初听见欧洲一个妖怪的声音。他这声音我听见已迟了。——真听见了么?——可是还正在发扬呢。再听听呢,以后的声音可多着哪!欧洲,美洲,亚洲,北京,上海,纽约,巴黎,伦敦,东京不用说了。可是,为什么,我心上又一一有回音呢?究竟还是心上底回音呢?还是心的声音呢?

一九二〇年三月六日晚上(庚申正月十五夜),静悄悄地帐子垂下了;月影上窗了,十二点过了,壁上底钟滴嗒滴嗒,床头底表悉杀悉杀,梦里听得枕上隐隐约约耳鼓里一上一下的脉搏声,静沉沉,静沉沉,世界寂灭了么?猛听得硼的一声爆竹,接二连三响了一阵。邻家呼酒了:

"春兰!你又睡着了么?"

"是,着,我没有。"

"胡说!我听着呢。刚才还在里间屋子里呼呼的打鼾呢。还要抵赖!快到厨房里去把酒再温一温好。"

我心上想道:"打鼾声么?我刚才梦里也许有的。他许要来骂我了。"一会儿又听着东边远远地提高着嗓子嚷:"洋面饽饽",接着又有一阵鞭爆声;听着自远而近的三弦声凄凉的音调,冷涩悲亢的声韵渐渐的近了呜呜的汽车声飘然地过去了还听得"洋面饽饽"叫着,已经渐远了,不大听得清楚了,三弦声更近了,墙壁外的脚步声竹杖声清清楚楚,一步一敲,三弦忽然停住了。——呼呼一阵风声,月影儿动了两动,窗帘和帐子摇荡了一会儿好冷呵!静悄悄地再听一听,寂然一丝声息都没有了,世界寂灭了么?

月影儿冷笑:"哼,世界寂灭了!大地上正奏着好音乐,你自己不去听!那洪大的声音,全宇宙都弥漫了,金星人、火星人、地球人都快被他惊醒那千百万年的迷梦了!地球东半个,亚洲的共和国里难道听不见?正在他的名义上的中央政府已经公布了八十几种的音乐谱,乐歌,使他国里的人民仔细去听一听,你也可以随喜随喜,去听听罢。"我不懂他所说的声音。我只知道我所说的声音。

我不能回答他。我想，我心响。心响，心上想："这一切声音，这一切都也许是心外心里的声音，心上的回音，心底的声音，却的确都是'心的声音'。你静悄悄地去听，你以后细细地去听。心在那？心呢？在这里。"

一　错误

暗沉沉的屋子，静悄悄的钟声，揭开帐子，窗纸上已经透着鱼肚色的曙光。看着窗前的桌子，半面黑魃魃，半面黯沉沉的。窗上更亮了。睡在床上，斜着看那桌面又平又滑，映着亮光，显得是一丝一毫的凹凸都没有。果真是平的。果真是平的么？一丝一毫的凹凸都没有么？也许桌面上，有一边高出几毫几忽，有一边低下几忽几秒，微生虫看着，真是帕米尔高原和太平洋低岸。也许桌面上，有一丝丝凹纹，有一丝丝凸痕，显微镜照着，好像是高山大川，峰峦溪涧。我起身走近桌子一摸一摸，没有什么，好好的平滑桌面。这是张方桌子。方的么？我看着明明是斜方块的。站在洗脸架子旁边，又看看桌子，呀，怎么桌子只有两条腿呢？天色已经大亮，黯沉沉的桌子现在已经是黄澄澄的了。太阳光斜着射进窗子里来，桌面上又忽然有一角亮的，其余呢——黯的，原来如此！他会变的。唉，都错了！

洗完脸，收拾收拾屋子，桌子，椅子，笔墨书都摆得整整齐齐。远远地看着树杪上红映着可爱的太阳儿，小鸟啁啾唱着新鲜曲调，满屋子的光明，半院子的清气。这是现在。猛抬头瞧着一张照片，照片上：一角花篱，几盆菊花，花后站着，坐着三个人。我认识他们，有一个就是我！回头看一看，镜子里的我，笑着看着我。这是我么？照片上三个影子引着我的心灵回复到五六年前去。——菊花的清香，映着满地琐琐碎碎的影子，横斜着半明不灭的星河，照耀着干干净净的月亮。花篱下坐着三个人，地上纵横着不大不小的影子，时时微动，喁喁的低语，微微的叹息，和着秋虫啾啾唧唧，草尖上也沾着露珠儿，亮晶晶的，一些些拂着他们的衣裳。黯沉沉的树荫里飕飕地响，地上参差的树影密密私语。一阵阵凉风吹着，忽听得远远的笛声奏着《梅花三弄》，一个人从篱边站起来，双手插插腰，和那两个人说道："今天月亮真好。"这就是我。这是在六年以前，这是过去。那又平又滑的桌面上放着一张纸条，上面写着：请秋白明天同到三贝子花

73

园去。呵！明天到三贝子花园去的，不也是我么？这个我还在未来；如何又有六年，如何又有一夜现在，过去未来又怎样计算的呢？这果真是现在，那果真是过去和未来么？那时，这时，果真都是我么？唉！都错了！

我记得，四年前，住在一间水阁里，天天开窗，就看着那清澄澄的小河，听着那咿咿哑哑船上小孩子谈谈说说的声音。远远的，隐隐约约可以看见江阴的山，有时青隐隐的，有时黑沉沉的，有时模模糊糊的，有时朦朦胧胧的，有时有，有时没有。那天晚上，凭着水阁的窗沿，看看天上水里的月亮。对岸一星两星的灯光，月亮儿照着，似乎有几个小孩子牵着手走来走去，口里唱着山歌呢。忽然听着一个小孩子说道："二哥哥，你们看水里一个太阳，太"又一个道："不是，是月亮，在天上呢，不在水里。"转身又向着那一个小孩子说道：

"怎么能天天都是圆的呢？过两天还要没有月亮呢？""大哥骗我，月亮不是天生圆的么？不是天天有的么？""我们去问姊姊。姊姊，姊姊。我刚才和阿二说，月亮会没有的，他不信，他说我说错了。"姊姊说道："妈妈的衣服还没有缝好呢，你们又来和我吵，管他错不错呢"

一九二〇，三，二十。

二　战争与和平

小花厅里碧纱窗静悄悄的，微微度出低低的歌声。院子里零零落落散了一地的桃花，绿荫沉沉两株杨柳，微风荡漾着。一个玲珑剔透六七岁的小孩子坐在花厅窗口，口里低低的唱着：姊姊妹妹携手去踏青。

> 垂垂杨柳，呖呖莺声，
> 春风拂衣襟，春已深。
> 郊前芳草地，正好放风筝。

桌子上放着一个泥人，是一个渔婆，手里提着一只鱼篮，背上搁着很长很长一竿钓鱼竿，丝线做的钓丝，笑嘻嘻的脸。小孩子一面唱一面用手抚着那钓丝，把许多桃花片，一片一片往钓丝上穿，又抓些榆钱放在那鱼篮里。又一个小孩子走来了。说道:"哥哥,我找你半天了,爸爸给我一个皮球,"那哥哥道:"我不爱皮球。弟弟,你来瞧,渔婆请客了,你瞧他体面不体面? 篮子里还装着许多菜呢。"弟弟瞧一瞧说道:"真好玩,我们两个人来玩罢。"说着,转身回去拿来许许多多纸盒、画片、小玻璃缸,两只小手都握不了。一忽儿又拿些洋团团、小泥人来了。两个小孩子摆摆弄弄都已摆齐了,喜欢得了不得,握握手对着面笑起来。弟弟一举手碰歪了一只小泥牛,哥哥连忙摆好了说道:"都已齐了,我们请姊姊来看,好不好呢?"弟弟说:"我去请。"说着兴头头的三脚两步跑进去了。一忽儿又跑出来气喘喘的说道:"姊姊不来,他在那儿给渔婆做衣服呢。"

哥哥道:"他不来么?"说着,又把一张画片放在渔婆面前说道:"弟弟,你瞧,渔婆又笑了。"弟兄两个人拍着手大笑。一忽儿,哥哥弟弟都从椅子上下来,一面踏步走,一面同声唱着,嚷着很高的喉咙,满花厅的走来走去,只听得唱道:

战袍滴滴胡儿血
自问生平头颅一掷轻。

一面唱一面走出花厅,绕着院子里两株杨柳,跑了两三匝。哥哥忽然说道:"渔婆要哭了,进去罢。"弟兄两个又走进花厅,两个人都跑得喘吁吁的。哥哥在桌子上一翻,看见一张画片,诧异道:"谁给你的? 我昨天怎么没有看见他?"弟弟道:"爸爸昨天晚上给我的。"哥哥道:"送给我罢。"弟弟道:"不,为什么呢? 爸爸给我的。"弟弟说着,把那张画片抢着就跑。哥哥生气道:"这些我都不要了,"说着,两只小手往桌子上乱扑乱打了一阵。渔婆,小泥人,玻璃缸打得个稀烂。弟弟听着打的声音又跑回来,看一看,哭道:"你把我洋团团底头打歪了,我告诉爸爸去!"说着往里就跑,哥哥追上去,弟兄俩扭做一堆,连扭带推,跑过院子,往里面上房里去了。

只听花厅背后,弟弟嚷着的声音:"姊姊! 姊姊! 哥哥打我"

院子里绿荫底下,落花铺着的地上,却掉着一张画片——原来是法国福煦元帅底彩色画像,带着军帽穿着军衣的。

一九二〇,三,二十八

75

三　爱

"爱"不是上帝，是上帝心识底一部现象。

——托尔斯泰

"唔唔妈呢？"

"好孩子。妈在城外赶着张大人家丧事，讨些剩饭剩菜我们吃呢。闭着眼静静儿罢。陆毛腿去弄药草怎么到现在还不来呢？孩子，你饿吗？难受得厉害吗？吃什么不要？"

"我唔唔我我我不我不"

模模糊糊的呻吟声，发着，断断续续的轻微声浪隐隐的震着，沉静的空气里荡漾着唉！

嫩芽婀娜的几珠垂杨底下，一家车门旁边，台阶上躺着十二三岁的孩子，仰面躺着，那如血的斜阳黯沉沉的映着他姜黄色的脸，只见他鼻孔一扇一扇，透不出气似的，时时呻吟着。旁边跪着一个老头儿，满脸沙尘，乱茅茅的胡须，蓬蓬松松的头发，苍白色的脸，远看着也分不出口鼻眼睛，只见乌黑阵阵的一团。他跪在地上，一手拿着许多柳枝替小孩子垫头，一手抚着小孩子底胸，不住的叹气，有时翻着自己褴褛不堪的短衫搔搔痒。他不住的叹气，不住的叹气！心坎里一阵酸一阵苦。他时时望着西头自言自语："来了吗？没有！不是；好孩子！""你妈"

我在街上走着，走着，柳梢的新月上来了呼呼一阵狂风。呼呼满口的沙尘。唉！风太大了！一个"冥影"飚然一扇，印在我心坎里，身上发颤，心灵震动震动了。他们他们那可怕的影子，我不敢看。"老爷，爷爷！多福多寿的爷爷，赏我们赏"

那老头儿在地上碰着头直响，脸上底泥沙更多了。小孩子翻一翻眼，唉！可怕！他眼光青沉沉的，死死人似的！可怕！

"老爷，我这小孩子病了。怎好？赏几个钱"老头儿又碰着头，我走过他们，过去了，又回头看看，呀！给他们两个铜元两个铜元？

76

老头儿拣着，磕头道谢；又回身抚着小孩子，塞一个铜元在他手里，又道："妈来了，来了。"小孩睁一睁眼我又回头一看，赶快往前就走。我心里，心里跳。怪，鬼，魔鬼！心里微微地颤着，唉！

我事情完了，要回家去。叫洋车。坐上车，一个小孩子跟着车夫。车夫给他一个铜元道："家去跟着妈罢！"

"爸爸回来吃晚饭？我们等着爸爸等着您！"

东长安街两边的杨柳、榆树，月亮儿莹洁沉静，沉静的天空。呀！不早了！十点半。车夫拖着车如飞地往前走去。似乎听得："妈！好吃嘻嘻嘻"

月亮儿莹洁沉静，沉静的天空！

"爱！"宇宙建筑在你上。

四 劳动?

青隐隐的远山，一片碧绿的秧田草地，点缀着菜花野花，一湾小溪潺潺流着；荫沉沉的树林背后，露出一两枝梨花，花下有几间茅屋。风吹着白云，慢慢的一朵朵云影展开，绉得似鱼鳞般的浪纹里映着五色锦似的，云呵，水呵，微微地笑着；远山颠隐隐的鸟影闪着，点点头似乎会意了。啁啁啾啾的小鸟，呢呢喃喃的燕子织梭似的飞来飞去。青澄澄的天，绿茫茫的地，荫沉沉的树荫，静悄悄的流水，好壮美的宇宙呵，好似一只琉璃盒子。

那琉璃盒，琉璃盒里有些什么？却点缀着三三两两的农夫弓着背曲着腰在田里做活。小溪旁边，田陇西头，一个八九岁的小孩子，穿着一条红布裤子，一件花布衫，左手臂上补着一大块白布，蓬着头，两条小辫子斜拖着，一只手里拿着一件破衣服，汗渍斑驳的，一只手里提着篮，篮里放着碗筷，慢慢地向着一条板桥走去，口里喃喃地说道："爸爸今日又把一些菜都吃了，妈又要抱怨呢。"他走到桥上，刚刚两只燕子掠水飞过，燕子嘴边掉下几小块泥，水面上顿时荡着三四匝圆圈儿。他看着有趣，站住了，回头看一看，他父亲又叫他快回家。他走过桥去，一忽儿又转身回来，走向桥坞下，自言自语道："妈就得到这儿来洗这件衣服，放在这儿罢。"一面说，一面把那件衣服放在桥下石磴下，起身提着篮回去了。

　　夕阳渐渐的下去了,那小孩子底父亲肩着锄头回家了,走过桥边洗洗脚,草鞋脱下来提在手里,走回家去。远山外还是一片晚霞灿烂,映着他的脸,愈显得紫澄澄的。他走到家里。"刚换下来的衣服洗了没有?"一个女人答道:"洗好了。四月里天气,不信有这么热!一件衬里布衫通通湿透了。"——接着又道:"张家大哥回来了,还在城里带着两包纱来给我,说是一角洋钱纺两支。"那父亲道:"那不好吗,又多几文进项。"

　　那父亲又道:"我吃过饭到张家去看看他。"小孩子忙着说:"我跟着爸爸同去,张家姊姊叫我去帮他推磨呢。"父亲道:"好罢,我们就吃饭罢。"大家吃过饭,那女人点着灯去纺纱了,爷儿两个同着过了桥,到了对村张家来。

　　听着狗汪汪的叫了两声,一间茅屋里走出一个人来说道:"好呀!李大哥来了,我上午还在你家里看你们娘子呢,我刚从城里回来就去看你,谁知道已经上了忙了,饭都没有工夫回家吃,我去没有碰着你,你倒来了。"接着三个走进屋子,屋子里点着一盏半明不灭的油灯,摆着几张竹椅子,土壁上挂一张破钟馗,底下就摆一张三脚桌子;桌子旁边坐着一位老婆婆,手里拈着念佛珠,看见李大哥进来忙叫他孙女翠儿倒茶。一忽儿翠儿同着李家的小孩子到别间屋子里去了,李大就在靠门一张矮竹椅上坐下,说道:"谢谢你,张大哥,给我带几支纱回来。"那老婆婆说道:"原来你们娘子也纺'厂纱'吗?那才好呢。多少钱纺一支?"张大道:"半角洋钱。"老婆婆说道:"怪不得他们都要纺纱纺线的。在家里纺着不打紧,隔壁的庞家媳妇不是到上海什么工厂纱厂里去了么?山迢水远的,阿弥陀佛,放着自己儿女在家里不管,赤手赤脚的东摸摸西摸摸,有什么好处!穿吃还不够,镀金戒指却打着一个,后来不知怎么又当了,当票还在我这儿替他收着呢。阿弥陀佛!"李大问张大道:"庞大现在怎么样了?"老婆抢着说道:"他么?阔得很呢!哼!从城里一回来,就摇摇摆摆,新洋布短褂,新竹布长衫,好做老爷了。一忽儿锄头碰痛了他的手,一忽儿牛鼻子擦肚了他的裤子,什么都不是了;见着叫都不叫一声,眼眶子里还有人吗?我看着他吃奶长大了的,这忽儿干妈也不用叫一声了,当了什么工头,还是什么婆头呢?阿弥陀佛!算了罢!"

　　张大道:"妈哪儿知道呢?他只好在我们乡下人面前摆摆阔,见他的鬼呢!

我亲眼看见他在工厂门口吃外国火腿呢,屁股上挨着两脚,那外国人还叽叽咕咕骂个不住,他只板着一张黑黝黝的脸,瞪着眼,只得罢了,还说什么'也是''也是'。他们那些工厂里的人是人吗?进了工厂出来,一个个乌嘴白眼的,满身是煤灰,到乡下来却又吵什么干净不干净了,我看真像是'鬼装人相',洋车夫还不如。"

老婆婆道:"又来了,拉洋车就好吗?你还不心死"拉洋车和做小工的,阿弥陀佛,有什么好处!有一顿没一顿的。你还想改行拉车么?我说你还是不用到城里罢,水也不用挑了。快到头忙了,自己没有田,帮着人家做做忙工,在家里守着安安稳稳的不好吗?"李大道:"婶婶说得对。现在人工短得很,所以忙工的钱也贵了,比在城里挑水也差不了多少,还吃了人家的现成饭,比我自己种那一二亩田还划算得来呢。"

张大道:"差却不差,我明后天上城和陈家老爷说,我的挑水夫底执照请他替我去销了罢,横竖陈家老爷太太多慈悲,下次再去求他没有不肯的。人家二文钱一担水,他家给三文,现在涨了,人家给四文钱,他家总算七八文,不然我早已不够吃了。"老婆婆叹口气道:"阿弥陀佛",说着站起来叫他小孩子道:"我们回去罢,小福,出来罢,请翠姐姐空着就到我们家里去玩。"小福答应着,同着翠儿出来。爷儿二个一同告别要走,翠儿还在后面叫着小福道:"不要忘了,福弟弟,我们明天同去看燕子呀。"说着,祖孙三个都进屋子里去。月亮儿上来了,树影横斜,零零落落散得满地的梨华,狗汪汪地叫着。

五 远!

远!
远!远远的
青隐隐的西山,初醒;
红沉沉的落日,初晴。
疏林后,长街外,
漠漠无垠,晚雾初凝。
更看,依稀如画,

平铺春锦，半天云影。

呻吟呻吟

——"咄！滚开去！哼！"

警察底指挥刀链条声，和着呻吟——"老爷"

"赏我冷"呻吟

——"站开，督办底汽车来了，

哼！"火辣辣五指掌印，

印在那汗泥的脸上，也是一幅春锦。

掠地长风，一阵，

汽车来了。——"站开。"

白烟滚滚，臭气熏人。

看着！长街尽头，长街尽

隐隐沉沉一团黑影。

晚霞拥着，微笑的月影。

远！远远的！

唉！还不如

凄凄的月色,冷冷的秋风,一间水阁凭着细细的河声——虢虢虢虢的好像要浮到汨罗江里去——纸窗上的微微的白色,衬着黯沉沉的灯光,惨淡淡的人影;岸边的衰柳萧萧瑟瑟的,花台下的落叶槭槭楂楂的,又像是低低的私语,又象是远远的哭声,半明不灭的月光,倒像是东方刚刚发白,树头小鸟嗝嗝啾啾——母鸟飞出去了,这时候似乎刚惊醒了我的噩梦。唉！还是夜色沉沉的,何尝天亮呢。一年,两年,三年,足足三年了,经过了多少艰难,痛苦,谬误,堕落,如今呢,又是何等的沉寂,恐怖,凄凉,悲惨;还不如还不如早早的"放下屠刀,立地成佛",双目一瞑,也落得"赤条条来去无牵挂"。天亮了。推开了水阁门,正遇着一个熟识的乡下人——撑船的——划着船过去。——"喂！我们多时不见了,我今雇你的船往镇江去,好么?"——"对不起。我今天要赶下乡收瓜呢,今年年成倒还好。"划了一桨又一桨,远远的过去了,剩着一荡一荡的水浪。站了半天,红霞掩映着水色天光中的残月。唉！还不如这是我儿年前想时的感想。

81

"矛盾"的继续

　　他梦也似地走下阴暗的扶梯，他哭了！同事们看到红着眼睛的他走进办公室，都笑笑。他听着墙头的钟敲了八点，他想那猪也似的人又要来了。果然，那人来了，摇摇摆摆地踱进来，他似乎首先向燕樵看了一眼。"首先"看我！那眼光是多么难堪，好像是——还是不要比方罢！管他呢！横竖我再拿你一个月的三十六元大洋，是中国大洋，还不美金哩。最后的次，最后的一次！燕樵心上这样一想，觉得平安了许多；那买办昨天讲的话，又记起来了。哼！他想禁止我们的集会结社的自由我还是写一封辞职信，去到什么地方去呢，那里去找事做，找饭吃？——大概总有法子罢。

　　燕樵发了这样大的"雄心"之后，身上都觉松快，陡然间从奴隶变成人，从洋奴变成了高等华人，偷偷地伸了一个懒腰，随手拿起几件簿记和公事，开始他每天照例的工作。他身上觉得有些热，抬头看看窗子外边：狂风暴雨雨，像昨天那样的，虽然是没有了，可是，天色却是阴沉得更加可怕，想来街上一定还是冷得很呢，也许还在下雪珠——那对过的屋顶上，似乎是点点滴滴的雪珠在那里跳罢。可是，身上的确是觉得燥热。他只是想：为什么天天总是这样？于是他想起家里那个阴暗的扶梯，那间冷凄凄的屋子——朝西的统厢房，窗子缝里板壁缝里呼呼的风，尤其是那后板壁上面半段是空的，只用狭狭的木板搭成了斜方块的栅栏，那么多"寒酸"，多么阴惨惨的，难怪同样穿着这些衣服在家就只是觉着冷，烧着炉子亦是不中用的，热气还不是从那后板壁的上面半段空的地方跑到外面去,一直跑到弄堂里墙壁上画着的乌龟身上去,何况今年煤炭这样贵。天天一清早,——要八点钟以前到行里去哩,——在热被窝里真是懒洋洋的,不愿意起床,那房里的空气是多么冷呵。只有到了行里,在烧着热水汀的办公室里,才渐渐觉得四肢舒泰起来。不过因为身上穿着中国衣服,反而会觉得燠热。如果是穿西装,那么,进来就脱掉大衣,多么舒服。看那猪也似的买办,他倒会想法子,狐皮袍子里面,穿着绸夹衫,卸掉了皮袍,好不轻快。只有咱们穷小子倒霉:穿少了在家里中国屋子里面是太冷,穿多了跑到办公室洋房里来又太热。他这样一面想着,一面办着事,心上闷得厉害。看看已经是可以领薪水的时候了。

"账房告诉我,下个月薪水加两块洋钱了。"他的一个同事笑嘻嘻对他说。

燕樵心上想:奇怪,为什么对我没有说起呢,他不期而然地抬起眼来看了那买办一眼,——买办正在手不停挥的批着公事,那两只细眼睛紧凑着象没有缝似的,忽然也抬起头来四周围看了一看,仿佛他是已经听见了有人在低低的说话,他咳了一声嗽。燕樵马上把头低下,幸而眼光没有和买办大人的相接触!

照理,我也应当加薪了,为什么账房不通知我。要是家里的老婆知道了这个消息,不知道她要怎样的失望;已经在好几个月之前,她就划算着这两块钱的角度哩。难道是因为我开了一次会。难道中国地方中国人,反而没有集会结社的自由,反而是外国老板来决定我们的命运了!岂有此理!

当天晚上,从升降机里面走出来,他的同事约他去吃小馆子,并且说,他是请一个在市党部办事的王先生吃饭。他心上正在气恼不过,就谢绝了,不去做"光荣的"陪客。可是,他想他的同事是比他"活动"多了,居然请王先生吃饭。乘电车回到家里,在弄口又看见那墙壁上画着的乌龟——"中国人就只会画乌龟!"他还只在楼梯上,就听见他老婆"欢迎"他的声音:

"你回来了,《前锋月刊》你替我买了没有? 今天不是领着薪水回来了吗?"

"什么也没有买! 你还是拿两角钱去买一点炭来生炉子罢。"

"又没有买! 生炉子! 天天生炉子,这点钱怎么够用? 成天的服侍,替你当婆妈了。一本新小说都没得看的,不要说电影了。做了人高尚的娱乐总得有一些。你怎么呢?""我? 我没有什么,只有一点头晕"燕樵说着,顺手把那三十六块薪水塞在他老婆手里。他的心里还在盘算着那封信——要写给行里的辞职信。

夜饭是马马糊糊吃过了，笔，纸，墨水瓶是放在他的面前。信呢，还没有开始写。"民族主义的自尊心"要他反抗，反抗，再反抗。但是，那天晚上信是始终没有写。

他老婆又在说着那件旗袍是太穿不出去了。

"明天再写，也不算晚。"

明天是很多的。"矛盾"没有解决以前，只有请这一位"明天"先生来暂时安慰一下。

孙总理的演讲集，是他常常读的。现在，是更加要读《民族主义》了。孙总理似乎是在教训他"处世之方"，真正中国国货的"处世之方"，中国民族团有的道德和民族性。是的，孙总理讲的故事也特别动人。香港有一个中国的苦力，靠着一根竹杠挑担过活的，他积聚了几年钱买了一张发财票，就放竹杠的里面。这位苦力是发财心切，把那发财票上的号码读得滚熟。那天发财票开彩了，他去一看：头彩十万元的号码，正是他那一张发财票。这还了得！十万元！从此不要当苦力了。他拿起那根竹杠，就往海里一扔。啊呀！怎么得了——那发财票还放在竹杠子里面呢。吃饭家伙的竹杠，自私可以扔掉呢！不错，吃饭家伙要紧。他自从看到了这个故事——这个"民族固有道德"的教训之后，那外国老板和买办的颜色，似乎也变得和善些，天气似乎也好些，不这么闷人了。

时候过得很快，有一个月了。辞职信还是没有写。薪水却的确没有加。"民族固有道德"和"民族主义的自尊心"在他肚皮里面又打仗起来了。

还是他的老婆提醒了他：叫他去借两本《前锋月刊》《前锋周报》来看，他想起了市党部里面的叶先生和陈行生，——至于王先生那样大人物，还没有结识得上呢。常常和叶陈两先生来往之后，他自己觉得大有进步了，首先是"活动"了些。有一天叶先生露了一句口风，使他心上细细的计划一番。从此之后，这个计划时常想起总在他的心上盘旋着。

"总理真是伟大！"他突然间像"悟了道"也似的想起来了，"那张发财票得先拿出来，去领到了十万块大洋的头彩，仔仔细细的数清了钞票，然后再扔掉那竹杠也不迟呵。"醉醺醺的从一家广东菜馆"某某酒家"出来,客气的朋友是早走了,只有叶先生同他两个人了。叶先生在他耳边低低的说了几句,他连忙答应着:

"那自然,那自然!还得请诸位先生多多领导,多多指教呢。"

他一路回家,还把叶先生送到弄堂口,自己再坐黄包车回去。"这乌龟弄堂真是住不得老婆那件旗袍的确是再也穿不出去了那买办还凶得到我头上来吗?三十六块,四十块,四十块之外还有还有不在四十块之内的"他的确有些醉了。

"快些,快些,多买些炭来生炉子,多买些,多买些!""今天已经不大冷了,又生什么炉子?"

"你,女人家懂得什么?你懂得民族主义吗?你懂得总理的遗教吗?"

"什么?你说什么?"

几个人围着一张圆桌,有两个坐在沙发上,燕樵坐的是一张椅子;他们面前放着几只酒杯。

"这次日本人算是好说话的。"

"出手也就不见得大,究竟日本小鬼吝啬,会打小算盘,那次英美烟"

"燕樵还是头两次办事,这指导工会的事是很麻烦的,你得给他详细说说以前的经过情形,不要东扯西拉的什么英美,什么南洋。""好,是了是了!"明天过来,燕樵把一条鲜艳的领带换了下来,穿着朴素的中山装,到了一个日本纱厂门口。工人聚着的有好几百。他走上去,挑选了两位熟识的工头,把他们拉到旁边说了几句话。然后。他站到一个大木桩上面,对工人演说了:

"工会方面已经替你们办好了,你们明天就先上工,随后,资方已经答应谈判你们提出的条件。只是开除的那两个工人,据党部方面的调查,的确是红匪,不能复工,你们不要上当。"

工人之中有人吼着,他没有听清吼些什么。可是,一个巡捕已经捉了两个工人带着走,那边又来一队印度马巡,还有好几个穿着黑布长衫,扎着腿的人踱来踱去,对着他微微的笑了一笑。他向他们点点头。那时,工人已经散了一大半。他也不演讲了,只对那熟识的两个工头说:

"大家都是中国人,你们得劝劝。做人要知足"他走了,他只觉得背后有几只眼睛钉住了他的背。那些眼睛不知道比买办的一双猪眼怎么样。神气是完全不同的,这是些带血的眼睛。

但是,工人是"安静"下去了,罢工是终止了。燕樵的这种功绩一天天的积聚起来,"工人运动大家"的尊号已经传遍了他的新旧朋友的口碑。他身体都比以前强健得多,每天早晨总要喝一杯牛奶,吃过午饭总要在新的沙发躺椅上睡睡中觉。时常读"民族主义的读物",研究中国的近百年史,谈谈提倡国货,他尤其喜欢读《清朝全史》,几十年来中国丧失的领土和主权,据他说,都要从提倡国货运动里面去取回来。那些"打倒帝国主义"的空口号是没有什么用的,徒然带着些红匪的色彩。

前好几天,他还给老婆做了两件——两件!——国货的时装旗袍,去参加国货时装的展览会。

"只是老婆的身材总不大好,不如那几位'女同志'的曲线美来得那么肉感,这又仿佛太中国气了,在这上头似乎'中国民族固有的美德'缺欠些,多带些西洋风味,也不妨事,"他想。他现在早已不是洋奴了,而是高等华人了,低级的趣味也渐渐地消失了,"高尚娱乐"更是每天不能少的了。反正"工作"是不大忙,比以前在洋行里差得多了。他也不必每天放了工急急地跑回去,每天总得"活动活动",看看朋友——民族主义的朋友。那里,有时候可以碰见"女同志"。

的确,工会的"工作"说多得并不多——会费不用去收,厂方的写字间会扣下送来;会员呢——那还不容易,工厂的花名册拿来点点名,那还不都是会员吗。说少可也不少,天天总得接洽接洽,活动活动。那些工人真是没有教育,甚至于没有人性——中国民族固有的道德,时常总要闹些"小事",他们太缺乏民族主义了,连提倡国货的浅近道理都不懂得,还是几位工头,"包"字号的弟兄们有见识,能干!

"丝厂罢工了,一万多人呢。昨天你没有来,她们一班小姑娘真了不得!警察捉了两个煽动罢工的人,她们就哄哄的聚了好几千人来抢,还动手打呢。结果,那两个女工被她们抢回去了,幸而巡捕房和中国警察帮忙,才又捉住了。今天还有几十家丝厂没有上工她们要求恢复原有工资。"

"这还了得!"燕樵跺跺脚说,"快派一批人出去劝她们上工,这里面一定有红匪捣乱，你到'那边'去招呼一声，请'他们'多多帮忙，我自己也就去。"

乱哄哄的只见人头，许多女工在那里谈论，看见"工会方面"的人走来，她们就不做声了。跟着，巡警来了好几队。燕樵看见"工会方面"劝工人复工的好几个人，有被打的。他很生气。可是，等到他走近工人的时候，情形已经不同了——她们安静了许多。草场上的绿色已经告诉大家春天来了，杨柳枝边亮晶晶的刺刀照耀着温柔和暖的太阳光，也告诉大家"工会方面"的大人物来了。大家安静了许多。

"工友们，条件是好商量的，大家先上工。要知道丝业是中国的重要产业，丝业不振兴，中国不能和外国外国就是帝国主义竞争。要国家有自由，个人就要牺牲自由。工友们要能够牺牲自由，提倡国货。中国丝厂很可怜的，生意不好，要劳资合作才好。减低工资是爱国的国民政府批准了的。大家都是国民国民"他咳了几声嗽，"国民，女的也是国民，国民都要服从国民政府。国民政府现在公布了工厂法，每人只要做十点钟的工作，女工生育的时候，还有休息"工人是沉默了好久，她们的头是仰着的，眼光是直直的——那眼光是表现着愚蠢，怨毒，一点儿民族主义也不懂！说这样动听的话，她们也没有一点感动，真是禽兽！她们那样笨眼睛，不是表现她们是禽兽吗?!她们表面上仿佛是静静的听讲，不知道她们肚皮里面转着什么鬼念头。燕樵一面讲着，一面这样想。他似乎听见人堆里有人叽哩咕噜地说：

"十点钟工作！我们现在做的还不止十二点钟呢！""希罕你们的'十点钟'，中国现在有地方只做八点钟了。""那地方就没你们这种'工会'，那里是我们的工人。""生小孩子有休息！工资呢??"

这话都说得很低，不大听得见，燕樵还是讲他自己的："你们先上工，不要听红匪的煽动。"

"没有饭吃呢?!"人堆里忽然大声地说了这句话，那声音出于他意料之外的大。他本能的——民族主义的本能的，回过眼光去看了一看几个穿着灰布长袍的"人物"和那亮晶晶的刺刀。

"不要听红匪的煽动，"他特别着重的重复了这一句话，是怕自己的思路被人堆里的声音打断了，"没有什么苏维矮，苏维高，没有工农兵会议，没有什么共产主义,他们只是些杀人放火的土匪。你们不要受利用,快快上工。国民政府现在就要肃清这些红匪了;国民会议快要开会了。你们快快上工。国民会议上,全体工人的要求都要讨论的。"

"有人说国民会议是地主资本家的会议?"人堆里又来这么一个"问题"。

"那是他们造谣,杀人放火的红匪造谣!"他很轻巧的回答了这么一句,眼光又向"那边"转了一转。

"造谣! 你呢?"突然间人堆里居然敢于发出这样的一个问题。居然!

"混蛋!! 你问的什么?! 什么! 什么!"

他一路回家来,春天的夕阳更加使他陶醉了。他看着黄包车夫向他哀求添些车钱的神气,真是又好笑又好气。这班人真是没有脑筋的:黄包车夫因为外国人多给几个铜板,就宁可去拍外国人的马屁,工人为着多要几个工钱,就宁可破坏中国的民族工业。中国有这几百万几万万甘心做洋奴的人,那得不亡国!要人人都要像我这样有志气才好那班不要脸的女工居然说我造谣,岂有此理,洋奴,洋奴! 想想真要生气,我亦宁可他摇摇摆摆的摸进了家门。

"怎么? 这样晚又是喝醉了回来?"

他不做声。过了不久,他的鼾声已经呼呼的透出那静悄悄的屋子。屋子里是绿沉沉的——桌子上一盏雅致的绿台灯,旁边还煮着莲子,渐渐的沸水声和他的鼾声相应。桌子上那绿色台灯的圆圈之下,一本《清朝全史》展开着,露出一行字:"宁赠友邦,勿与家奴"他老婆忽然听着他哼,他磨着牙齿,他说:

"你你你你你你你呢?!"

一九三一,四,四。

青年的九月

九月的第一个星期日,这是青年的纪念日。

这当然不是黄金少年的纪念日,他们已在歌颂着战争,赞美着"马鹿爱国主义"。他们说:平常时候,欧洲的德国法国英国奥国意大利一切种种国的工人说什么国际主义,一切种种国的青年,当然是下等人的青年,说什么反军国主义,可是到了一九一四年八月,欧洲大战爆发了,炮声响了,号鼓动了,这些人的阶级意识,始终敌不住民族意识,都慷慨激昂的背起枪来,往沙场上去了,去杀他们同阶级的劳动同胞了,他们虽然同阶级,始终互相残杀了;这证明民族意识是至高无上的。这证明帝国主义始终是尚武精神所寄托的。法国巴比塞的"Le-Feu"《火线下》——这最早一部反对战争的小说——不久就出世了,在这班人眼光里面应当是卖国文学,而若莱斯果真在这种黄金少年的铁蹄之下,当做卖国贼而践踏死了。中国的黄金少年——五皮少年,要是果真有勇气的话,应当拍拍胸膛承认自己万分同情于杀死若莱斯等类的凶手,自己承认衷心私淑的是"克列曼梭是吾师",自己承认的确恨不得杀尽一切种种的若莱斯,的确认为巴比塞的《火线下》是卖国文学。为什么不呢!

不然,不然! 他们有点儿害羞,他们一方面翻译着,谈论着,称颂着马克别方面写着战争小说,刚刚和雷马克绝对相反的战争小说。雷马克等的非战文学出着风头,他们的主战文学就想借这风头混到人丛里来。这是中国资产阶级的丑态。中国有个特别名词,叫做奸商,其实中国的富商很少不是奸商。他们的本事是在善于蒙混，巧于影射。中国的黄金少年就是这些奸商的嫡亲骨肉，所以他们的蒙混影射的手段，出之于生物学的遗传，真正是狗有狗种！

青年的国际纪念日当然不是这些狗种的纪念了！青年的国际纪念日是世界上劳动青年的纪念。

一九一五年，炮声，枪声，飞机像鹰鸟似的，坦克像穿山甲似的，轰轰轰隆，嘘嘘嘘，搭搭搭搭像毒龙，像虺蛇，像豺狼，像一切种种穷凶极恶的野兽，正在张牙舞爪的吞噬几万，几十万人的生命。正在这种时候，德国的青年——李卜克内西等等首先敢于起来叫醒自己的弟兄们：我们，劳动者的子弟，为什么帮着资本家来使用这些毒蛇猛兽，互相的残杀，为什么不叫他们去杀资本家；资本家并没有祖国，他们是"有奶便是娘"。哪里有钱哪里就是故乡，不是故乡，也要叫它变成故乡，所以要打仗；我们工人在这里替他们当炮灰，这是为的什么？我们德国的劳动青年快些伸手给法国的弟兄们，握手，握手罢！这样，少年共产国际的基础建立起来。列宁写信给他们，和他们谈话。"把帝国主义的战争，变成国内战争！"这个伟大的，推动历史的，开辟一个新天地的口号，从此渐渐的，固然不是一下子，可是，不停止的，坚决的，刻苦的，像高山上的泉流似的，始终流到了大海，到了欧美各国，以至于古旧的亚洲的劳动群众的心灵里。一九一七年的十月，光芒射着整个太阳系，贯穿着上下五千年的黑暗世界。俄国的工人阶级解放了。世界各国觉悟的工人联合起来。共产国际。少年共产国际。反对军阀主义，反对帝国主义战争的呼声，成了几百万人的觉悟，还要前进，前进，征取几千万人的心。这个九月的第一个星期日就是纪念着这个，纪念着反对军国主义的第一炮，纪念着少年共产国际的源头。

现在，欧战之后的第十四年了。世界的资本主义毒龙又在张牙舞爪的跃跃欲试的筹备着战争，尤其是他们像小偷一样的贼眼，都射在世界第一个劳动国家身上，想刺一刀，放一枪，中伤它。资本主义的"文明"正在日落西山的时候，"夕阳无限好（?），只是近黄昏"了。所谓黄金的美国，这次坐了经济恐慌的首席。失业的全世界三千万，没有统计的中国苦力，印度穷人不算在内。但是，六分之一的地球上，那劳动国家里面，热烈的伟大的社会主义的建设，已经快要完成他的五年计划。他们——劳动国家的主义，固然十分辛苦，忍受着牺牲，可是

"将来"的光荣照耀着他们。只有劳动国家是繁荣的。世界上其余一切的国家都是恐慌的。这劳动国家,就是十四年前首先脱离帝国主义的战争,首先实行扫荡地主资本家的国内战争的国家呵。所以,现在那些资本主义的毒龙,恨极妒极,要想消灭它。他们准备战争。不但互相吞噬,而且最要紧的是吞噬这个眼中钉的苏联!

总之,现在又是资本家要叫劳动青年去当炮灰的时候了,又是无耻的所谓社会民主党,所谓劳动党,替资本家宣传"保护祖国"的时候了,又是他们出卖劳动群众,指使他们去自相残杀的时候了,所以,现在的九月第一星期日的纪念,格外惊心动魄的震荡全世界劳动者,全世界劳动青年的心!

正因为这个缘故,中国的黄金少年要出来弄个什么民族主义文艺的把戏。中国的肥头胖脑的绅士,大肚皮的豪商,沐猴而冠的穿着西洋大礼服,戴着西洋白手套的资本家,本来是帝国主义的走狗。他们的狗种——黄金少年,黄埔少年,五皮主义的少年——自然要汪汪汪的大咬起来,替他们的主人做"战鼓",鼓吹战争了。这些狗种,居然这样不要脸,公开的称赞德法劳动者的自相残杀,拿来"证明"民族意识的至高无上(见胡秋原做的民族主义文艺论文——《民族主义文艺论文集》)。这个自相残杀使欧美资本主义延长了一二十年的寿命,使帝国主义巩固了对于印度中国的统治。中国黄金少年称颂这种自相残杀,就是称颂帝国主义的统治,露出他们的狗相。

是的。中国的绅商,民族主义文学家的所谓"民族",做完了帝国主义的走狗。帝国主义要打劳动国家,中国的绅商不是马上自告奋勇,心甘情愿的当他们的马弁,去冲一个头锋,演了一次所谓"国门之战"的滑稽把戏吗(中东路事件)?帝国主义的列强要互相争夺地盘,中国的绅商不是马上分成蒋派冯派阎派等等替他们互争在华势力范围,打了好几年的恶仗,什么《陇海线上》什么之战之战吗?民族主义的文学家就高唱吃人肉喝人血的诗词:"壮志饥餐胡虏肉,笑谈渴饮匈奴血";马上念着符咒似的二十世纪的《书经》:"三民主义,吾党所宗。咨尔多士,为民前锋",歌颂这些残杀劳动民众的战争,歌颂着这些企图侵略劳动国家的战争!中国的绅商,为着保存自己的狗命,为着保持榨取汗血的地主制度资本剥削,为着保卫帝国主义的宝座,现在拚命的在打中国劳动民众的红军,在打中国的工农兵会议(苏维埃)。民族主义的文艺家对于这种"神圣战争",又不知道要怎样的歌颂。固然,中国的绅商已经发了好些四六电报,哀悼着张辉瓒,等等等等,已经选了好些《文选》体的诗,赞,吟,赋,歌咏着"剿赤"。但是,黄金少年不能够满足的。他们的狗鼻子,闻得到革命青年心灵之中的火药气,觉得到劳动群众的震怒的神经,他们知道:这些四六诗赞迷惑不了人心,鼓舞不起杀人的精神。他们要弄新文学来卖弄,想这才可以麻醉民众,鼓动起自相残杀的浊气,消弭得阶级斗争的勇敢,在血汗榨尽的干涸的心灵上建筑起"民族的神明"!

但是,这始终只是梦想罢了。中国的战争,已经像世界大战的流影一样,比世界大战的本身,先行爆发了。这里有军阀的混战——帝国主义的互相战争,这里有侵略劳动国家的战争——帝国主义进攻苏联的战争,这里已经有进攻红军的战争——大资产阶级大地主企图镇压革命的阶级的国内战争。战争已经是这样巨大的事变,它教育着群众,它锻炼着阶级意识。中国的革命青年,中国的劳动青年,中国的一般劳动群众,早已开始知道应当为着什么而战,应当为着劳动的解放而战,应当而且必须经过阶级战争而去解救中国于帝国主义铁蹄之下。纪念九月第一星期日,已经不仅仅用笔,用舌头,用抗议,用示威,而且用着枪弹,用着梭枪。中国的革命的劳动青年反对军阀帝国主义的战争,反对进攻革命而实行战争了。原来"军"也有"民族性"的。资本主义的欧美"军"国;两封建残余统治的中国是"军"阀。中国的黄金少年企图变军阀为军国,这是枉然的。中国的劳动群众不但反对军阀,并且反对军国,不但反对军国,并且要求"军"劳动,"军"阶级!你们想用"民族的神明"的牌位,要劳动青年朝它跪拜,想念着吃人肉喝人血的符咒,受人家疯狂似的浊气一冲往炮口里送,想用一切种种花言巧语鼓舞人家去替你们当炮灰,去侵略劳动国家,去长期残杀劳动群众,去摧残革命,现在没有这样容易的了!

不过中国的九月纪念里,记清着这件"新鲜"的事实,倒也不是无益的:就是中国现在也发现一种狗把戏,虽然他们玩着这些蒙混影射的手段,可是,老老实实的狗相已经露出,——文艺上的所谓民族主义,只是企图圆化异同的国族主义,只是绅商阶级的国家主义,只是马鹿爱国主义,只是法西斯主义的表现,企图制造捍卫帝国主义统治的所谓"民族"的"无上命令"，企图制造服从绅商的奴才性的"潜意识"，企图制造甘心替阶级仇敌当炮灰的"情绪"——劳动者安心自相残杀的杀气腾腾的"情绪"。这件事记清楚了，的确是有些益处的，而且是必要的，因为看清楚敌人的行动，是战斗胜利的必要条件。

问题是在于：他们——民族主义的黄金少年，正在号召着"投笔从戎"，正在勉励"新朝遗少"去当"少爷兵"，为的是不但去亲手砍动起来的奴隶的头颅，并且要去握紧"牛马"嘴上的勒口，监视白军之中的"丘八"。"布施"许多许多新式的蒙汗药，而劳动青年的"九月"，国际无产阶级的"九月"，就是要惊醒中了蒙汗药的人们，它用惊天动地巨人的声音，像洪钟似的，叫出震动全世界的口令：

"向后转，掉枪头！！！"

蒙汗药是多得很，现在在《施公案》，《彭公案》，《说岳》等等之外，鼓吹精忠保主，鼓吹讨"逆"锄"奸"，鼓吹挖心剖腹祭大帅的"英雄"文学又新加了《陇海线上》，《国门之战》，"丘八"以前当定了炮灰的；许多，许多，数不清的劳动青年，以前在升官发财的梦想和讨"逆"剿"匪"的号令之下，变成了枯骨。他们的父母妻儿的血泪都已经流满了东西的长江大河。但是，现在呢？自从国际的"九月"到了中国，中国的"丘八"是在醒过来，中国的痛苦民众，中国的工人已经屡次举起这面列宁树起的"九月旗"——反对帝国主义战争的红旗。现在，我们已经有许多鲜红的旗帜插满的地方，那地方早已就把"向后转，掉枪头"的口令变成了行动。他们现在真是在"袭击着高天"。斗争的艰苦，绅商白军的残酷一切一切锻炼着他们。这才是真正的反对战争，不是什么雷马克式的哼哼哈哈的和平主义。他们渴望着："国际的九月"所发出的口令正深切的再传播，再广泛的传播到"丘八"群众之中去。没有疑问的，他们有这权利责问我们！在这"少爷兵"企图玩耍新把戏的呼声中，在敌人后方的你们，暂时不拿枪杆儿而还拿着笔杆儿的你们，正在做什么？你们的代替《彭公案》《施公案》的东西，什么时候到"丘八"之中去，——在这《陇海线上》《国门之战》正在黄金少年之中出风头的年头？啊？

说到这里，似乎"青年的九月"给予革命文学的任务是很清楚的了，不用多说了，啊？

一九三一年九月第一星期日。

93

美国的真正悲剧

　　德莱赛现在是美国资产阶级的文坛所公认的大文学家了。但是,德莱赛的成名是很晚的。美国的资产阶级一向自以为"荣华富贵",了不得的文明国家。对于德莱赛这类揭穿他们的黑幕的文学家,老实说是有点讨厌。但是,德莱赛自己虽然从不去追求什么声望,然而他的天才,像太白金星似的放射着无穷的光彩,始终不是美国式的市侩手段所掩没得了的了。现在,大家都不能够不承认德莱赛是描写美国生活的极伟大的作家。他的一部伟大的著作《美国悲剧》新近已经摄制了电影片子,甚至于中国的上海都已经开演过。自然,美国的资产阶级的电影界会把这种作品糟蹋得不成样子,以至于德莱赛不能够不提出抗议。可是,美国资产阶级对付德莱赛的手段,这还算是最客气的了。今年七月间光景,他到美国的煤矿区里去了一趟,他在那里所遇到的事情,所看见的情形,简直是一段很有趣的故事。

　　他去的煤矿区是美国宾夕法尼亚省和沃海欧省。那地方四万多矿工宣布了罢工,已经有几个月了。美国的几个煤业公司联合了起来反对罢工工人,斗争正在紧张的时候。在这煤炭大王的王国里,德莱赛住了几个礼拜,住在那种山谷中间的小房子里,亲眼看见矿工的痛苦生活,听见了许多矿工和他们的老婆儿女的诉苦;和工头,警察,兵士,审判官谈过许多次话。他回来的时候,有新闻记者去问他,他的手都发着抖写了几句话:

　　"我观察了美国几十年,我自己以为很知道美国。可是,我错了——我并不知道美国！"

这是多么惨痛的愤怒的呼声！中国的留美博士，像胡适之，罗隆基，梁实秋之类的人物在《新月》上常常的写什么美国差不多人人都有汽车，什么中国人的生活比不上英美的家畜猫狗。他们自以为很知道美国了！可是，现在美国生活描写的极伟大的作家德莱赛告诉我们，他尚且错了。自然，宁可做英美家畜的人，是不会像德莱德这样认错的。

德莱赛还没有把他在宾夕法尼亚煤矿区看见的听见的写出来。他正在写着。他已经对美国资产阶级严厉的申明："我不能够不做声。"他现在要写的正是第二部的《美国悲剧》，真正的美国悲剧。德莱赛始终看见了懂得了这个美国的真正悲剧。德莱赛亲眼看见所谓不偏袒的美国式的民权主义的官厅，他们的宪兵的铁蹄是看样蹂躏面黄肌瘦的一群群的女人，他看见这些女人手里抱着的小孩是多么畸形，多么瘦得可怕。德莱赛对一个新闻记者诺尔茨说：

"要看见这样的情形，方才能够写第二部的《美国悲剧》。"德莱赛看见了很多事情。他看见了那些对着没有武装的工人群众扫射的机关枪，他看见了全副武装的警察宪兵，他看见了穿得破破烂烂的工人纠察队防备那些破坏罢工的人闯进矿坑去开工；这些破坏罢工的人，是资本家到别的地方去招来的。他还亲自受到所谓不偏袒的宪兵的威吓和教训。

在亚列克森州的一个小城市，叫做霍尔宁的地方，德莱赛去问一个宪兵：全国矿工总会的领袖菲列普史到什么地方去了，为什么忽然失踪，为什么一点儿消息也打听不出来。——这个菲列普史是工人群众很敬重的一个领袖。那个宪兵足足有六尺高，腰里带着很大的一枝手枪，他看都没有看德莱赛，只当不听见。德莱赛又问了一遍。

那宪兵吐了一口口沫，眼睛朝着天就骂起来了：

"滚你的蛋。你要知道他干什么?!"

"看看你们这些专制魔王的蠢相！还是矿工的经费养活这班东西呢。"

那宪兵没有懂得德莱赛的话，可是，他大概觉得这总是讥笑他的，他就大声地嚷着：

"你再不闭起你的鸟嘴，我立刻送你到铁笼子里去。"那枝很大的手枪已经对准了德莱赛的鼻头。

"把我送进铁笼子里去？为什么？为了我问了你一句？"那宪兵把德莱赛仔细地看了一下。他的眼界倒也不小，到处都去过，什么都见过。虽然德莱赛穿的衣服普通到极点，而且满身都是煤屑和灰尘，可是德莱赛的外表始终有点儿和"灰色畜生"的矿工不同，所以那个宪兵觉得这一次不大对劲。要是一个普通的矿工，那就可以随便的逮捕，拷打，践踏。那个宪兵大概想了一下："知道这家伙是谁！也许是官厅或是公司里派来的。"

"你是什么人？"他已经比较的客气一点的问了一句。德莱赛就说了自己的姓名。那宪兵的脸上，一点儿也没什么别的表示，他只是很高兴地说了一句："也许那个混蛋菲列普史坐在亚列克森的监狱里呢。"

德莱赛又碰见了亚列克森的典狱官詹姆士·康。这位康先生是欧战时候的军官。他听见大文学家德莱赛到他办公室来见他，简直发慌得不得了，表示许多假意的殷勤。

殷勤的康先生露着两个门牙，像狗似的嘻着嘴，油光满面地笑着。他否认矿工的一切痛苦和艰难。他否认警察的一切暴行。他一切都否认。

"德莱赛先生，你相信我的话，这都是没有的事。我自己也是个矿工的儿子，我知道他们的脾气。他们总是唉声叹气的。他们这样惯了。现在更加放纵了。德莱赛先生，法律总是法律。法律是要尊重的。他们这里的人可不肯尊重法律。这样，就有的时候要出一点儿小事情。你说起矿工有组织纠察队的权利让他在矿坑边逛好了。可是，德莱赛先生，等到他们要破坏私有破产的时候，那就只能够剥夺他们的这种权利。没有办法。他们自己不好。"

那个典狱官的秘书，很起劲的要想帮助康先生说服这个危险的文学家，证明警察没有什么暴行，他拿了一枝旧枪放在德莱赛的面前。

"德莱赛先生，你看我们只不过用这种没有用处的枪朝天放放罢了！"

"可是，用这种'没有危险的枪'，居然打死了那个矿工齐迦里克，"德莱赛反驳他们。

典狱官在自己的脸上装出一副真挚的生气的神气："这是访员造谣。"他很坚决的声明："我们方面的人，谁也没有打死齐迦里克。也许是他的同志之中有人把他打死的。"这句话实在说得太做作，太虚伪了，所以他的秘书马上加了一句：

"我们特别检查了一次，先生，我们方面的人，谁也没有罪过。他们都是很正直很直爽的人，先生。"

德莱赛只有向他们鞠躬告辞了。

典狱官还特别加了几句话：

"你在你的将来的小说里面，一定要描写我了。你相信我的话，我不但是一个保卫法律的人，而且很喜欢艺术和书籍。你看这幅画，"他用手指着墙壁上挂的一幅很大的画。

那幅画据典狱官说，是画的基督劝告一个有钱的青年把自己的财产舍施给穷人。

"我每个礼拜天都到学校里去给小学生讲《圣经》。这是我买了要送给他们的礼物。"

德莱赛给他们说：所有这些事情，他都记在心上。我们大概可以在德莱赛的将来的小说里，看见这一位典狱官的尊容。他真是一只假道学的野兽，煤炭大王的走狗，他手里掌握着几万工人的性命。这几万工人的血汗差不多已经榨尽了，穷苦绝望到极点了。

德莱赛看见了这些工人。他住在他们的家里，吃了他们吃的东西。他们吃的面包，不知道是用什么草搅在面里做的，一半是面，一半是草屑。他亲自看见警察对着工人群众开枪。工人是去阻挡破坏罢工的人到矿坑里去。警察开枪的时候，打死了两个工人，十九个工人受了重伤躺在路上。还有警察放着流眼泪的毒气炸弹。他亲眼看见宪兵的马队践踏女人和小孩子。他在一个矿坑的口子边，看见女人身上的马蹄的印子。工人都被公司里的人赶了出来，不准再住公司的工房，他们住在山寨里的洋铁篷里，住在马厩里，住在木棚里。他们留德莱赛住在他们家里，给他讲他们的生活。

德莱赛问一个工人：

"你在矿里做了几年了？"

"二十三年。我是美国矿工工人联合会的会员。"

这是黄色工会呀,你知道吗?"

"那又有什么办法呢,别种工会在这个区域里又没有。""你赚的工钱也有时候可以够用吗?"

"从来也没有这种时候!我有四个小孩子。我总是不够的。""罢工以前,你的工钱是多少?"

"二十四块美金一礼拜。可是一分现洋也拿不到手的。十三元七角扣了做房钱,自来水和电灯的钱。其实工房并没有电灯。其余的钱,都是发的一种票子,只能够到公司办的商店里去买东西。"

这种票子是不是和现钱一样价钱呢?"

"没有这么一回事。把这些票子打了八折卖出去,换了现钱到别的店里去买东西,还可比煤矿公司商店里多买得多呢。""你们组织纠察队的权利,常常被破坏吗?"

"警察差不多天天开枪打我们,用马冲散我们,还要放毒气炸弹。"

"你们罢工已经有多少时候了?"

"两个半月。"

"还有多少时候可以支持呢?"

"如果外面有帮助来,准备坚持到底,坚持到胜利。"德莱赛自己说这一类的谈话给了他很大的力量,对于他的小说可以有极大的帮助。这部小说将要是美国整个资产阶级的罪状。

德莱赛已经和资产阶级的美国决裂了。美国的资产阶级已经不能够有他这样的艺术家,也不需要他这样的文学家。但德莱赛,却像一只老象,它在树林里走着,"一直向前,踏倒它路上的一切东西,随便什么也不能够引诱它走到旁边去"(辛克莱说的)。现在的德莱赛是个六十岁的婴儿,他的斗争已经不是孤立的了,已经是在一个新的立场上了,他的勇往直前的勇气应当比以前更加坚强了。

世界上有许多人等着要看他的第二部的真正的美国悲剧,当然,也就有些人听见这个消息头痛呢。

苦闷的答复

《李顿报告书》采用了中国"孙逸仙博士的国际合作开发中国的计划",这是值得感谢的,——最近南京市各界的电报已经"谨代表京市七十万民众敬致慰念之忱",称他"不仅为中国好友,且为世界和平及人道正义的保障者"。(三月一日南京中央社电)

然而李顿也应当感谢中国才好:第一,假使中国没有"孙逸仙博士的国际合作学说",李顿爵士就很难找着适当的措辞来表示他的意思,岂非共管没有了学理上的根据?第二,李顿爵士自己说的:"南京本可欢迎日本之扶助以拒共产潮流",他就更应当对于中国当局的这种苦心孤诣表示诚恳的敬意。但是事实上,李顿爵士最近在巴黎的演说(路透社二月二十日巴黎电),却提出了两个问题:一个是:"中国前途,似系于如何,何时及何人对于如此伟大人力予以国家意识的统一力量,日内瓦乎?莫斯科乎?"还有一个是:"中国现在倾向日内瓦,但若日本坚持其现行政策,而日内瓦失败,则中国纵非所愿,亦将变更其倾向矣。"这两个问题都有点儿侮辱中国的国家人格。国家者政府也。李顿说中国还没有"国家意识的统一力量",甚至于还会变更其对于日内瓦之倾向!这岂不是不相信中国国家对于国联的忠心,对于日本的苦心?

为着中国国家的尊严和民族的光荣起见,我们要想答复李顿爵士已经好多天了,只是没有相当的文件。这使人苦闷得很。今天突然在报上发见了一件宝贝,可以拿来答复李大人:——这就是"汉口警部三月一日的布告"。这里可以找着"铁一样的事实",来反驳李大人的怀疑。

例如这布告(原文见《申报》三月一日汉口专电)说:"在外资下劳力之劳工,如劳资间有未解决之正当问题,应禀请我主管机关代为交涉或救济,绝对不是直接交涉,违者拿办,或受人利用,故意以此种手段构成严重事态者,处死刑。"这是说,外国资本家愚见"劳资间有未解决之正当问题",可以直接任意办理,而劳工方面如此这般者处死刑。我们中国的劳工,这样一来,就都变成了"用国家意识统一了的"劳工。因为凡是违背这"意识"的,都要请他离开中国的国家——到阴间去。李大人难道还能够说中国当局不是"国家意识的统一力量"吗?

再则,统一这个"统一力量"的当然是日内瓦,不是莫斯科。"中国现在倾向日内瓦"——这是李顿大人自己说的。例如那布告上也说:"如有奸民流痞受人诱买勾串,或直受驱使,或假托名义,以图破坏秩序安宁,与构成其他不利于我国家社会之重大犯行者,杀无赦。"这是保障"日内瓦倾向"的坚决手段,所谓"虽流血亦所不辞"。而且"日内瓦"是讲世界和平的,所以中国两年以来都没有抵抗,因为抵抗就要和日本打仗,就破坏和平。直到"一二八",中国不过装做挡挡炸弹枪炮的姿势,最后的热河事变,中国方面也同样的尽在"缩短阵线"。同时,中国方面埋头剿匪,已经宣誓在一两个月内肃清匪共,暂时不管热河。这是要证明"日本见中国南方共产潮流渐起,为之焦虑"是不必的,日本很可以无须亲自出马。中国方面这样辛苦的忍耐的工作着,无非是为着要感动日本,使而悔悟,使得远东永久和平,国际资本可以在这里分工合作。它李顿爵士还要怀疑中国会"变更其倾向",这就未免太冤枉了。

总之,"处死刑,杀无赦"是回答李顿爵士的怀疑的历史文件。请放心罢,请扶助罢。

一九三三,三,七。

出卖灵魂的秘诀

几年前,胡适博士曾经玩过一套"五鬼闹中华"的把戏,那是说:这世界上并无所谓帝国主义之类在侵略中国,倒是中国自己该着"贫穷","愚昧"等等五个鬼,闹得大家不安宁。现在胡适博士又发明了第六个鬼——叫做"仇恨"。这个鬼不但闹中华,而且祸延友邦,闹到东京去了。因此,胡适博士对症发药——预备向日本帝国主义上条陈(见报载最近胡适博士的谈话。)

据胡博士所说:"日本军阀在中国暴行所造成之仇恨,到今日颇难消除,""而日本决不能用暴力征服中国。"这是值得忧虑的:难道真的没有方法征服中国么? 不,照实验主义的哲学说,还是有法子的。这就是:"日本只有一个方法可以征服中国,即悬崖勒马,彻底停止侵略中国,反过来征服中国民族的心。"

这据说是"征服中国的唯一方法"。不错,古代的儒教军师总说"以德服人者王"。胡适博士不愧为日本帝国主义的军师。但是,从中国小百姓方面说,这却是出卖灵魂的唯一秘诀。中国小百姓原不懂得自己的"民族性",所以他们一向会仇恨。如果日本陛下大发慈悲,居然采用胡博士的条陈,那么,所谓"忠孝仁爱信义和平"的中国固有文化,就可以恢复,因为日本不用暴力,中国民族就没有仇恨,因为没有仇恨心,自然更不抵抗,因为不抵抗,自然更和平更忠孝中国的肉体固然出卖了,中国的心灵也被征服了! 可惜的是这"唯一方法"的实行,完全要靠日本陛下的觉悟。如果不觉悟,那又怎么办? 胡适博士说:"到无可奈何之时,真接受一种耻辱的城下之盟"好了。那真是无可奈何的——因为那时候"仇恨鬼"是不肯走的,这始终是中国民族性的污点。

为着要洗刷这个污点,所以胡适博士准备出席太平洋会议,再去"忠告"一次他们的日本朋友:征服中国并不是没有方法的,请接受我们出卖的魂灵罢!何况这并不难,只要实行李顿的"公平"报告,那就是"彻底停止侵略"——仇恨自然就消除了。

最艺术的国家

我们中国的最伟大最永久,而且最普遍的"艺术"是男人扮女人。这艺术的可贵,是在于两面光,或谓之"中庸":——男人看见"扮女人",而女人看见"男人扮"。表面上是中性,骨子里当然还是男性。然而如果不扮,还成艺术吗?

譬如说,中国民族的固有文化是科举制度,外加捐班之类。当初说这太不像民权,不合时代潮流,于是扮成了中华民国。然而这民国年久失修,仿佛花旦脸上的脂粉,连招牌都已经剥落殆尽,同时,老实的民众,想要革掉一切科甲出身和捐班出身的参政权,以便实现反动的民权。这对于民族是不忠,对于祖宗是不孝。现在早已回到固有文化的"时代潮流",那能放任这种不忠不孝!因此,又得重新扮过一次。草案如下;第一,谁有代表国民的资格,须由考试决定。第二,考出举人之后,然后再挑选一下,此之谓选(动词)举人;而被挑选的举人,就作为被选举人。照文法说,这样的国民大会的选举人,应称为"选举人者",而被选举人,应称为"被选之举人"。然而如果不扮,还成艺术么?因此,他们扮成宪政国家的选举人和被选举人,虽则实质上还是秀才和举人。这草案的深意正在这里:叫民众看见是民权,而民族祖宗看见是忠孝——忠于固有科举的民族,而孝于制定科举的祖宗。此外,像上海已经实行的民权,是纳税的就有权选举和被选,使偌大上海只剩四千四百六十五个大市民,这虽是捐班——有钱的为主,然而他们一定会考中举人,甚至不补考也曾赐同进士出身的,因为洋大人膝下的榜样,理应遵照,何况这也是一面并不违背固有文化,一面扮得很像宪政民权呢。此其一。

其二,一面交涉,一面抵抗:从这一面看过去是抵抗,从那一面看过来是交涉。其三,一面做实业家银行家,一面自称"小贫而已"。其四,一面是日货销路复旦,一面对人说是"国货年"诸如此类不胜枚举,而大都是扮演得十分巧妙两面光滑的。

中国真是最艺术的国家,最中庸的民族。

而小百姓还要不满意,呜呼,君子之中庸,小人之反中庸也!

一九三三,三,三十。

透底

凡事彻底都好，而"透底"就不见得高明。因为连续的向左转，结果却碰见了向右转的朋友，那时候彼此点头会意，脸上会要辣辣的。就像要自由的人，忽然要保障复辟的自由，或者屠杀大众的自由——透底是透底的了，却连自由的本身都漏掉了，原来只剩了通体透明一丝不挂。

反对八股是应该的。八股原是蠢笨的产物。最初是考官嫌麻烦，——他们的头脑大半是用阴沉木做的——什么代圣贤立言，什么起承转合，文章气韵，都没有一定的标准，难以捉摸，因此，一股一股地定出来，算是格式；拿这格式来"衡文"，一眼就看得出多少轻重。随后应试的人也觉得又省力又不费事。这样的八股，无论新旧，都应当扫荡。但是这原是为着要聪明，不是要更蠢笨些。

不过要保存蠢笨的人，却有一种策略。他们说："我不行，而他和我一样。"——大家活不成，拉倒大吉！而等"他"拉倒之后，旧的蠢笨的"我"却总是偷偷地又站起来，实惠是属于蠢笨的。好比要打倒偶像，偶像急了，就指着一切活人说："他们都像我，"于是你跑去把貌似偶像的人统统打倒；回来，偶像还奖励你，说是打倒"打倒偶像"者，透底之至。这样，世界上就剩得偶像和打倒"打倒"者。

开口诗云子曰，算老八股；而有人把"达尔文说，蒲力汗诺夫曰"也算做新八股。于是要知道地球是圆的，就要人人都要自己去环游地球一周；要制造汽机的，也要先坐在开水壶前格一通物这自然透底之至。其实，从前说反对卫道文学,原是反对那道,说那样吃人的"道"不应当卫,而有人要透底,就说什么道也不卫,这"什么道也不卫"难道不也是一种"道"吗?所以,真正最透底的,还有下列一个故事:

古时候,有一个国度里革命了,旧的政府倒下去,新的站上来。旁人说,你这革命党,原先是反对有政府的,怎么自己又来做政府?!那革命党立刻拔出剑来,割下了自己的头,但是,他的僵尸直立着,喉管透出一股气来,仿佛是在说:这主义的实现原本要等三千年之后。

真假董吉诃德

西洋中古时期的武士道的没落,产生了董吉诃德那样的戆大。他其实是十分老实的书呆子。看他在黑夜里仗着宝剑和风车开仗,的确傻相可掬,也只觉得他可怜可笑。

然而这是真吉诃德。中国的江湖派和流氓种子,却会愚弄吉诃德式的老实人,而自己又假装着吉诃德的姿态。《儒林外史》上的几位公子,慕游侠剑仙之为人,结果是被这种假吉诃德骗去了几百两银子,换来一颗血淋的猪头,——那猪算是侠客的"君父之仇"了。

真吉诃德的做傻相是由于自己的愚蠢,而假吉诃德是故意做些傻相给别人看,想要剥削别人的愚蠢。

可是,中国的老百姓未必都是这么蠢笨,连这点儿手法也看不出来。

现在的假吉诃德们何尝不知道大刀不能救国,他们却偏要舞弄着,每天"杀敌几百几千"乱嚷,还有人"特制钢刀九十九柄赠送前敌将士"。可是为着要杀"猪"起见,又舍不得飞机捐。于是乎"武器不精良"的宣传,一面变成了节节退却或是"诱敌深入"的注解,一面又借此搜括一些杀猪经费。可惜前有慈禧太后,后有袁世凯!——清末的兴复海军捐变成了颐和园,民四的"反日"爱国储金变成了征讨当时的革命军的军需。现在这套把戏实在太欠新鲜,谁不知道。——不然的话,还可以算是新发明。

现在的假吉诃德们,何尝不知道"国货运动"振兴不了什么民族工业,国际的财神老爷扼住了中国的喉咙,连气也透不出,什么"国货"都跳不出这些财神的手掌心。然而"国货年"是宣布了,国货商场是成立了,像煞有介事的,仿佛抗日救国全靠一些戴着假面具的买办多赚几个钱。这钱还是牛马猪狗身上去剥削来的。不听见增加生产力,劳资合作,共赴国难的呼声么?原本是不把小百姓当人看待,而小百姓做了牛马猪狗仍旧要负"救国"责任。结果自然应当拼命供给自己身上的肉给假吉诃德们吃,而猪头还是要斫下了(挂出去)示众,以为"捣乱后方"者戒。

现在的假吉诃德们,何尝不知道什么"中国固有文化"咒不死帝国主义,无论念几万遍"不仁不义"或是金光明咒也不会触发日本三岛的地震,使它陆沉大海。然而他们偏要高喊"民族精神",仿佛得了什么秘诀。意思其实很明白,是要小百姓埋头治心,多读修身教科书。这固有文化本来毫无疑义:是岳飞式的奉旨不抵抗的忠,是朗诵"唤起民众"而杀之的孝,是斫猪头吃猪肉而又远疱厨的仁爱,是遵守卖身契的信义,是"诱敌深入"的和平。其实"固有文化"之外又提倡什么"学术救国",引证西哲菲希德之言等类的居心,又何尝不是如此。假吉诃德的这些傻相,真教人笑不出哭不出;你要认真和他辩驳,当真认为可笑可怜,那就未免傻到不可救药了。

房龙的"地理"和自己——读书杂记之一

房龙的《世界地理》,一本值得读第二遍的书,这样的书现在太少了,尤其是中国人自己的创作。它像一幅浮雕的壁画,把世界的各个区域的地势很生动的显现在你的面前。说这就是文艺的天才,倒不必,因为会了解自己的科目的人,总应当也会把它叙述给别人听,虽则能够做到这一点的人太少,但是我还是以为这是一种义务。是不是呢?

可惜,房龙也同一切"前期"科学家一样,他虽然忠实于他的科学,但是更忠实于他自己,——说得精确些——是更忠实于他自己的阶级。究竟跳得过"自己"的头的人是少极了。也许是自己不愿意,也许是几百年来的因袭,像"马遮眼"似的遮住了他的眼光。

房龙在序言性的第二章里说:"假使日本的居民正是塔斯马尼亚族的后裔时,这些海岛恐怕决不会养活六千万人民罢。又如不列颠群岛,如果它们的统治者不是来自北欧的人生战士,而是尼亚波利坦人或柏柏人,它们决不会变成庞大帝国的中心呢,"假如广漠无垠的俄罗斯平原的"主人不是斯拉夫族,而是日耳曼族或佛郎克族时,他们就会带了锋利的犁锄,尽力去开垦,这片平原的情形也就会迥然不同了"。总之,似乎民族性在决定着一切。但是,你读完他的全本书之后,反而觉得瓦德的发明汽机,或是美国的建筑铁路,对于英美的发展更有决定的意义,究竟读不到为什么某某民族因为它的民族性,哲学,道德,宗教,而特别落后或是先进。你觉得,这些捞什子自然都在发生着影响,然而有了"犁锄"比没有"犁锄"就强些,有了些汽机,和没有汽机,差别就更大了些,——不管那地方的民族的民族性是怎样,它总因此种种而在变动着。房龙自己的叙述打破了他的哲学。

因此,他不能够自信,他只能够存疑:"印度的一切问题都是深奥的道德问题和灵魂问题,"他说,"它们常给我一种不愉快的感觉,一种烦恼的迷惘但最后,我还得承认他们是对的。他们纵然不是完全对,至少也不如我想象中那样绝对的错。这是个很难的功课,但却教训了我一点谦逊。老天知道,我正需要它!"房龙是谦逊的,他自己也不相信自己的学说,或许他根本就"没有学说"。读者还是帮着他"谦逊"一下为妙:读他所描写的——有时候描写得很活泼的——材料,不用相信他自己也说不圆满的学说。

印度人现在——尤其是最近五百年来——就只有心灵问题吗?有点不像事实。但是,这样的材料,在房龙的"地理"里就不容易找。例如第二十一章,题目是很"夸张"的:"大不列颠——荷兰对岸的海岛,五万万人民的保姆"。这"五万万人民"之中大概就有那三万万五千万的印度人在内,——不知我们中国的大英顺民是否也在其中?——可是,你在这一章里,一点也找不着"大不列颠"用怎样的奶汁在喂养那三万万五千万只有心灵问题的印度人的情形。还有其他的殖民地,埃及,英埃苏丹,缅甸,新加坡等等,他们究竟喝着了英国绅士的什么奶汁,喝得胖到何等程度?自然,你可以在别几章里找到一点影子——关于印度是连影子也找不到,——然而清楚的回答是没有的。关于这个,还是到上海大马路上去,看看红头阿三的神气好。

关于中国人,房龙说了几句恭维话:"中国人知道西洋各国对于孔子的书根本没有兴趣,其最注意的只是煤铁和煤油的让与权如果要使财产安全,必须知道如何保护其自己的财产,否则最好还是将它们沉之海底。总之,中国已知道模仿日本的必要。"而关于中国的苦力呢,他说:"这些痛苦的劳工,无论谁来统治俄国总会暗中在他们耳朵里咕哝许多鬼话。"完了。不恭维的话,却是他指出孔子孟子老子三个圣人的理论,教训中国人"以公理报怨恨,欠账还钱,遵守信义和条约,纪念死去的祖先"。这都值得读者想想:究竟中国谁在想学日本,谁在"以公理报怨恨",谁真正在"咕哝",这是房龙分辨不清的,但是读者可以想想。

不过,照房龙想来,日本的夺取满洲,热河,却有十足的理由:"日本锁住在小岛上,其人民生殖力极其强盛,所以急需更多的土地。有许多人似乎很愤怒,他们痛责'日本的野心',以为那是一种野蛮的表现。不过我却反把这当作'日本的需要'。在国际政策上,一种健全的自私,毋宁说是一种需要的美德。"这些话,不但是对着满蒙问题的说,而且也关涉到高丽!

因为房龙迷恋着这样的"哲学化",所以他对于这一类的地域,连描写地势和山川的兴趣也没有了。读者可以读到的,只是一串说得很漂亮的"浪漫故事"和发松的比喻。

讲到他自己的国家——美国罢。不用说,他就在菲洲等地,也看见许多白种人的"德政"。而在菲列宾那一章,他当然更要说:美国人"给菲列宾人无数修整的道路,数千所学校,三所大学,医生,医院,看护,人工孵卵器,鱼肉检查所,卫生学,以及一千零一种西班牙人听也没听见过的德政"。可惜,那地方的人民却只知道等待天堂,"在那(天堂)世界中,一切卫生学学校等,对于人是毫无意味的!"可惜! 美国自己呢? 它"所享受的这样无限的机会,大自然从不会给过另一个民族此外,历史再加上一件更重要的礼物:一种民族,一种言语,而没有过去"。固然,美国受过去——封建的束缚——比较少得多。但是,完全否认过去也是不行的。房龙自己也得提起一下"红人",那是"由主位降到客位的红人"呵。至于说什么"一种民族",那么,不由得要想起辛克莱《屠场》,那些拉脱维亚人,西班牙人,墨西哥人,黑种人,波兰人,那些"屠场"里,矿坑里的牺牲,不知道是否承认美国"只有一种民族"?!

房龙始终只是"百分之一百的美国人"。他没有丧失他的"自己"。

这《世界地理》还是值得读的,而且不必只读一遍。然而我——读者也庆贺我没有丧失我自己!

附记:《世界地理》的中国文译本不止一种,我读的是陈瘦石和胡澎咸两先生译的。偶然翻着傅东华先生译的一种,看中间的文句似乎深奥些,还发见了这么一句:"再讲到猪,猪是靠橡实繁荣的。这就是在亚得里亚海,多瑙河,马其顿诸山脉间那个三角形中所以极富橡实的缘故,因为那三角形是密密盖着橡树林的。"再查陈胡两先生的译本,这一句却是这样写的:"说到猪,猪须食橡树果始得繁盛。亚得里亚海,多瑙河,与马其顿山脉间三角地带之所以多猪,就是因为那边密布着橡树林的缘故。"这里,傅先生是译做:因为猪繁荣,所以那地方富于橡实,又仿佛橡实的丰富是因为密密盖着橡树林。本来,因为鸡多所以鸡蛋多,因为鸡蛋多所以鸡多,——说来说去似乎都说得通。而陈胡两先生译的是:因为橡树多,所以猪多。这道理浅显些,没有那么重的哲学气味。究竟不知道房龙先生的原文是怎样的。过几时,倒要找本英文原本来读读。

"打倒帝国主义"的古典

　　"打倒帝国主义"的口号曾经通行过几年,当时甚至于将军和绅士都为着要变成忠实同志或是"革命军人"起见,也高喊过的。可是这个口号的历史十分曲折。

　　最初,大概是一九二一年,有一个"过激派"的杂志上提出了这个口号,没有什么"人"注意。可是,不久这口号就渐渐地传播了出去,一些革命的"学生子"开始研究什么是帝国主义,懂得五四革命运动其实就是反帝国主义的,虽然还不彻底。这风气一起来,胡适博士就大起恐慌。一九二二年间,胡博士用什么"实验主义"证明"帝国主义"是"海外奇谈",他说反帝国主义就是反对西洋文化,有些义和拳的气味。然而胡博士的"权威"并没有多大力量。这口号还是在流行出去,而且越流越广,甚至于什么矿坑里也看见这一类的标语。一九二三年就出了这么一段故事:一位前参议院议长某先生说:过激派提出这个口号,目的是在挑拨"友邦"的恶感,陷害中国的老牌革命党,使它在外交上孤立。另外一些人就说:原先的"富国强兵",五四时期的"外抗强权",本来也就是"打倒帝国主义"的意思,那些旧口号是民众容易懂得的,现在何必又提出这种新鲜的口号。仿佛嫌它太欧化,"比天书还难懂"。

　　然而不久,一九二五年的五卅运动来了,只两三天功夫,"打倒帝国主义"的口号传遍了上海的工人区和贫民窟,弄堂口会发见画在那里的乌龟底下有小孩子写的"帝国主义"的字样,马路上可以听到"打倒帝国主义"的五更调。不到两年,这口号就变成了奉旨照准的标语。其实这是因为民众并不嫌它难懂了,而且懂得"太厉害了",所以必须照准,以便加以曲解和利用。"五卅"是这样过去的。

后来,民众有点倒霉了;于是可以重新公开的欢迎洋大人,广州市上用黄土铺道恭迎香港总督金文泰的时候,特派三百名仆役洗刷墙壁上的"打倒帝国主义"。这样准备着"五三"的来到。一九二八年五月三日那天,日本帝国主义把"代表中国国家的"交涉员捉去,割掉了鼻子和耳朵,挖掉了眼睛,后来听说连尸首也没有找着。然而"打倒帝国主义"却叫不得,相反的,中国的"国家"不但不生气,还和日本订立了"最惠的"关税协定。足见得"打倒帝国主义"的口号,又从奉旨照准变成了"反动的"了。

所以今年纪念"五卅","五三","五四"等等的时候,就有一位要人出来说:"标语口号的时代早已过去的了越是沉默越是坚决。""打倒帝国主义"的口号应当"没落",沉默主义"万岁"!

可是,你不要以为这口号完全没有用了。相当的用处还是有的,譬如仅只在屋子里喊喊之类。今年"五一"的时候,要人们所指挥的"工会"发表了"告工友书",是说中国工人要打倒帝国主义的,因为"中国工人只受外国资本家的压迫和侵略"。还有人说:中国工人没有外国工人那么苦。这仿佛很义气地替外国工人打"抱不平",像要打倒帝国主义似的。然而谁都知这些话是"话中有话"的,意思倒是着重在中国工人不应当反抗本国资本家的"有理的"压迫。这种奸滑的运用口号和纪念的手段,倒是十分巧妙的"艺术"。

中国的"打倒帝国主义"的口号如果是一个活人,它的古典和历史倒像一部很有趣的小说。《水浒》上有真假李逵打架的故事,中国的"打倒帝国主义"也是假的和真的在这里相打。真正要打倒帝国主义的,只有劳动的民众。

鬼脸的辩护——对于首甲等的批评

　　去年年底,芸生在《文学月报》上发表了一篇诗,是骂胡秋原"丢那妈"的,此外,骂加上一些恐吓的话,例如"切西瓜"——斫脑袋之类。胡秋原究竟是怎样一个人,我们不想在此地来说,因为对于这个问题其实不关重要。问题倒发生于鲁迅给《文学月报》一封信,说"恐吓辱骂决不是战斗",而署名首甲,方萌,郭冰若,丘东平的四个人就出来判定鲁迅"带上了极浓厚的右倾机会主义的色彩"(《现代文化》杂志第二期)。

　　首甲等对于恐吓和辱骂的辩护是:

　　(一)"革命的工农确实没有吓人的鬼脸",然而"这是对某一阶级同情者说的,对别一阶级即使你再斯文些,在他看来,无论如何都是吓人的鬼脸",因此,恐吓"有什么不可以?!"

　　(二)"一时愤恨之余的斥骂,也并不怎样就成为问题,而且也无'笑骂'与'辱骂'的分别。只要问骂得适当与否,并不是'丢那妈'就是辱骂,'叭儿狗'就是笑骂。"这是说恐吓和辱骂也算战斗,而且不这样就会变成"文化运动中和平主义的说法",就是"戴白手套的革命论"! 革命当然要流血的,然而嘴里喊一声"斫你的脑袋"还并不就是真正革命的流血。何况文化斗争之中,就是对付正面的敌人,也要在"流血"的过程里同时打碎他们的"理论"的阵地。当你只会喊几声"切西瓜"的时候,就要被敌人看做没有能力在理论上来答辩了,而一般广大的群众并不能够明白敌人"理论家"的欺骗。国际的革命思想斗争的经验告诉我们:几十年来没有一次是用"切你的西瓜"那样的恐吓来战胜反动思想和欺骗的理论的!这种恐吓其实是等于放弃思想战线上的战斗。剥削阶级明明知道革命对于广大的小资产阶级群众,并不是吓人的鬼脸;而他们为着要吓退正在剧烈地革命化的群众,故意要造谣,污蔑,诬陷。敌人所造作的那些"放火杀人"之类的谣言,正是要把这种鬼脸硬套在先进的工农头上,——敌人的可恶就在于他们故意就只对于自己有害的革命说得像魔鬼似的,仿佛要吃尽一切活人。现在有人出来多喊几声"斫"和"切",那就很像替敌人来证实那些诬陷。首甲等的说法是:对于剥削阶级,革命反正都是"吓人的鬼脸",因此多扮些吓人的鬼脸,有"什么不可以!"这对于革命的队伍是极有害的空谈。革命的工农不能够不宣布首甲等的意见决不是他们的意见。

所以说"恐吓决不是战斗"的鲁迅决没有什么右倾机会主义的色彩,而自己愿意戴上鬼脸的首甲等却的确是"左"倾机会主义的观点。

至于"丢那妈"之类的辱骂,那更是明显的无聊的口吻。首甲等把胡秋原认为革命的贩卖手,但是他们却喜欢和胡秋原较量骂人的本领。胡秋原骂什么"人首畜鸣","人类以下的存在",而首甲等就说骂"丢那妈""并不比胡秋原更为无聊"。何以胡秋原无聊,而首甲等就拥护同等无聊的回骂呢!?他们说,"伊里奇在许多理论著作上,尚且骂考茨基为叛徒"。然而"叛徒"和"丢那妈"是绝对不同的。"叛徒"有确定的政治上的意义,而且考茨基的的确确是叛徒。而芸生的"丢那妈",却不会损害着胡秋原错误理论的分毫。芸生和首甲等的错误,决不在于他们攻击胡秋原"过火"了,而在于他们只用辱骂来代替真正的攻击和批判。我们分析某种论调,说它客观上替剥削阶级服务,或是削弱革命的力量,把这些"理论家"比做"走狗","叭儿狗",——这都有确定的意义,虽然是笑骂的字句,而表现着批判的暴露的意义。至于"丢那妈",以及祖宗三代牵缠着辱骂,却只是承受些封建宗法社会的"文化遗产"的弱点,表示些无能的"气急"。

新的社会主义国家里,群众自己用社会的舆论的制裁克服这类的恶习惯,认为这是文化革命的一种任务;而首甲等,自命为负起文化革命责任的人们,却以为必须这样辱骂才不右倾！而且还要问骂得适当与否！在理论的斗争之中，无论对于什么人，无论是保皇党，是法西斯蒂，这种辱骂都不会是"适当"的。这固然并不是什么大问题，——暂时，在下层民众受着统治阶级的文化上的束缚的时候，他们往往会顺口的把这种辱骂当做口头禅，——然而"革命诗人"要表示"愤恨"的时候，他还应当记得自己的"革命"是为着群众，自己的诗总也是写给群众读的，他难道不应当找些真正能够表现愤恨的内容的词句给群众，而只去钞袭宗法社会里的辱骂的滥调？！除非是只想装些凶狠的鬼脸，而不是什么真正的革命诗人，才会如此。所以鲁迅说"辱骂决不是战斗"是完全正确的。替这种辱骂来辩护，那才不知道是什么倾向的什么主义了。可以说，这是和封建"文化"妥协的尾巴主义。

首甲等自己说：要"以尖锐的词锋揭破穿着漂亮外衣的奸细"。然而他们在自己所拥护的芸生的诗篇里，却只举出"丢那妈"作为尖锐的词锋。他们说普洛文化运动的任务不应当降低，说"我们的诗人"应当与斗争的实践联系。但是，他们所谓诗和斗争之间的联系却只是写几句"切西瓜"之类的句子。这种恐吓和辱骂显然不能够揭穿什么奸细的漂亮外衣，显然反而降低了普洛文化运动的任务。他们拥护这样的立场，也就不会有"健全的阶级意识"。的确，他们的立场是离开真正的战斗，而用一些空洞的词句，阿Q式的咒骂和自欺，来代替战斗了。

我们认为鲁迅那封"恐吓辱骂决不是战斗"的信倒的确是提高文化革命斗争的任务的，值得我们的研究；我们希望首甲等不单在口头上反对"左"倾关门主义和右倾机会主义，而能够正确的了解和纠正自己的机会主义的错误。

慈善家的妈妈

　　从前有一位慈善家,冬天施衣,夏天施痧药,年成不好还要开粥厂。这位员外的钱从那里来的呢?或是高利贷,或是收租,或是祖宗刮下来的地皮。不用说,这是一位伪善的人道主义者。他周济着一班穷光蛋,有机会就叫他们做工,拔草呀,车水呀,扫除马粪呀,修理屋顶呀。穷光蛋们只知道感激他,向来没有想到问他算工钱。其实,要是算起来的话,决不止一件破棉袄,几碗稀粥的。他倒沾着便宜,还得了善士的名声。后来,这西洋景有点儿拆穿了。

　　但是,这时候来了一位侠客,雄赳赳的,手里仗着一把宝剑,据他自己说,这是"切西瓜"用的。他说他看透了那位慈善家的虚伪。他愤恨极了,就跑上慈善家的大门,破口大骂了一通,还拔出宝剑来说:"我要切你的西瓜!"一些穷光蛋反而弄胡涂了:"为什么慈善家的头应当拿来当西瓜切。问问侠客,侠客说:

　　"嘿,嘿,嘿,他,他,我丢他的妈,他妈跟我睡觉!"他妈跟你睡觉,他又该当何罪?"

　　"他,他,他混蛋极了我,我□他的祖宗!该杀的东西!"

　　侠客实在愤激得说不清白什么理由。侠客以为只要话说得"粗鲁"些,穷光蛋就会懂得。然而他们不会了解慈善家的"妈跟人睡觉",慈善家自己就立刻该杀;他们更不明白"该杀"就等于伪善的"凭据"。侠客自己的胡涂,要害得穷光蛋们更加胡涂,甚至于更加同情那位伪善家。

　　慈善家的虚伪,和他妈的不贞节或者恰好跟那位侠客睡了觉,是完全不相干的。穷光蛋们自己里面的明白人,应该详细的说明慈善家虚伪的事实,说明这世界里的种种假面具。对于这样的慈善家,像侠客那样的手段是不行的,何况对于比慈善家更细腻的人物呢。

王道诗话

　　"人权论"是从鹦鹉开头的。据说古时候有一只高飞远走的鹦哥儿,偶然又经过自己的山林,看见那里大火,它就用翅膀蘸着些水洒在这山上;人家说它那一点儿水怎么救得熄这样的大火,它说:"我总算在这里住过的,现在不得不尽点儿心。"(事出《栎国书影》,见胡适《人权论集》序所引。)鹦鹉会救火,人权可以粉饰一下反动的统治。这是不会没有报酬的。胡博士到长沙去讲演一次,何将军就送了五千元程仪。价钱不算小。这大概就叫做"实验主义"

　　但是,这火怎么救,在"人权论"时候(一九二九——三〇年),还不十分明白。五千元一次的零卖价格做出来之后,就不同了。最近(今年二月二十一日)《字林西报》登载胡博士的谈话说:

　　任何一个政府都应当有保护自己而镇压那些危害自己的运动的权利,固然,政治犯也和其他罪犯一样,应当得着法律的保障和合法的审判。

　　这就清楚得多了!这不是在说"政府权"了吗?自然,博士的头脑并不简单,他不至于只说"一只手拿着宝剑,一只手拿着经典"!如什么主义之类。他是说,还应当拿着法律。中国的帮忙文人,总有这一套祖传秘诀,说什么王道仁政。你看孟夫子多么幽默,他教你离得杀猪地方远远的,嘴里吃得着肉,心里还保持着不忍人之心,又有了仁义道德的名目。不但骗人,还骗了自己,真所谓心安理得,实惠无穷。诗曰:

文化班头博士衔，人权抛却说王权，
朝廷自古多屠戮，此理今凭实验传。
人权王道两翻新，为感君恩奏圣明，
虐政何妨援律例，杀人如草不闻声。
先生熟读圣贤书，君子由来道不孤，
千古同心有孟轲，也教肉食远疱厨。
能言鹦鹉毒于蛇，滴水微功漫自夸，
好向侯门卖廉耻，五千一掷未为奢。

迎头经

中国的现代圣经曰："我们要迎头赶上去,不要向后跟着。"

传曰:追赶总只有"向后跟着"追,普通是不能够"迎头"追赶的。然而圣经当然不会错,况且这个年头一切都是反常的呢。所以说赶上偏偏是迎头,说在后跟着,那就不行。民国二十二年春×三月某日,当局谈话曰:"日军所至,抵抗随之至收复失地及反攻承德,须视军事进展如何而定,余非军事专家,详细计划,不得而知。"(《申报》三月十二日第三版)不错呀,"日军所至,抵抗随之,"这不是迎头赶上是什么? 日军到沈阳,迎头赶上北平;日军到闸北,迎头赶上真茹;日军到山海关,迎头赶上塘沽;日军到承德,迎头赶上古北口以前有过行都洛阳,现在已经有了陪都西安,将来还有"汉族发源地"昆仑山——西方极乐世界。至于收复失地云云,则虽非军事专家亦得而知焉,经有之——"不要向后跟着"也。证之以往的上海战事,每到日军退守租界的时候,就要"严饬所部切勿越租界一步"。这样,所谓迎头赶上和勿向后跟,都是不但见于经传,而且证诸实验的真理了。

右传之一章。

传又曰:迎头赶和勿后跟,还有第二种的解释。

民国二十二年春×三月,报载热河实况曰:"义军皆极勇敢,认扰乱及杀戮日军为兴奋之事唯张作相接收义军之消息发表后,张作相既不亲往抚慰,热汤又停止供给义军汽油,运输中断,义军大都失望,甚至有认替张作相立功为无谓者。""日军既至凌源，其时张作相已不在，吾人闻讯出走，热汤扣车运物已成目击之事实，证以日军从未派飞机轰炸承德可知承德实为妥协之放弃。"（同上见张慧冲君在上海东北难民救济会席上所谈）虽然据张慧冲君所说："享名最盛之义军领袖，其忠勇之精神，未能悉如吾人之意想，"然而义勇军的兵士却都是极勇敢的小百姓。正因为这些小百姓不懂得圣经，所以也不知道迎头式的抵抗策略。于是小百姓自己，就碰见了迎头的抵抗。——前几天热汤放弃承德之后，北平军委分会就命令"固守古北口，如义军有欲入口者，即开枪迎击之。"这是说，我的"抵抗"只是随日军之所至，你要换个样子抵抗，我就抵抗你；我的退后是预先约好了的，你既不肯妥协，我就不准你"向后跟着"，只能够把你"迎头赶上"梁山了。

右传之二章。

传云：惶惶大军，迎头而奔，"嗤嗤"小民，勿向后跟。赋也。

读《子夜》

一

从《子夜》出版后，直到现在为止，我并没有看见一篇比较有系统的批评；我现在也没有那"批评"的野心，只是读过后，感觉到许多话要说，这些话，也许对比我后读到《子夜》的人能得到一些益处罢，我想？

在中国，从文学革命后，就没有产生过表现社会的长篇小说，《子夜》可算第一部；它不但描写着企业家、买办阶级、投机分子、土豪、工人、共产党、帝国主义、军阀混战等等，它更提出许多问题，主要的如工业发展问题，工人斗争问题，它都很细心的描写与解决。从"文学是时代的反映"上看来，《子夜》的确是中国文坛上新的收获，这可说是值得夸耀的一件事。

我想在作者落笔的时候，也许就立下几个目标去写的，这目标可说是《子夜》的骨干：

一，帝国主义给与殖民地中国的压迫。

二，殖民地资产阶级的相互矛盾，主要是工业资本与银行资本的矛盾。

三，无产者与资本家的冲突，农民与地主的冲突。

二

我现在将这故事叙述个大概：

起初是吴老太爷到上海来就病故，吴荪甫在治丧中，商定企业计划，做公债投机家赵伯韬来联合他，能化钱买得混战的军阀败退，而成功他的投机！于是吴荪甫一方面做公债交易，另一方面又办益中公司盘进八个小厂，新租一个丝厂，他本着企业家的雄心，想将在帝国主义铁爪下的民族工业挣扎出来；可是不久赵伯韬就和他捣蛋，他仗着洋商做后台来对吴荪甫实行经济封锁，而故乡双桥镇又被共匪占领，军阀混战迁延下去使各厂出货无法推销，另一方面工厂中工人又闹罢工；吴荪甫用尽心思和计划想重振旗鼓，但都挽不回这历史的颓运；最后他将盘入的八个厂押给洋商，住宅也押给人来作这公债上的孤注一掷，结果，姑老爷杜竹斋倒戈，他竟遭受这"致命"的惨败；吴荪甫是很自信的人，几月来失败的事实使他怀疑，精神恍惚，同时他在社会上，家庭中统治力已经崩溃，于是他拿起手枪犹疑，最后他和少奶奶去避暑去逃跑。

这故事就此完结，穿插处还很多。

三

在《子夜》中所讨论的问题很多，现在我择要的提出来谈谈：

一，中国的封建势力，无时不在崩溃中，这不但如兽沧海感受政权缩小，吴老太爷那样人会死，同时就在意识方面，如曾家驹通奸后母，冯云卿叫女儿去做仙人跳，而杜竹斋也可掉阿舅枪花，可是另一方面各地封建军阀，官僚，都私设关卡，"税上加税"，"厘外有厘"，使中国呻吟在帝国主义铁蹄下的民族工业，不能不关厂，出盘。

二，可是封建势力总表现和冲突的军阀混战可一次又一次的爆发，营阵几千里，出兵几百万，这背后当然各个军阀都有后台，英国的，美国的，日本的，每一次军阀混战的发生，可说就是各个帝国主义冲突的一幕；军阀混战可为买办资产阶级做公债投机的赵伯韬收买，帝国主义也可公然的供给他们军火，供给他们军事顾问！

三，由吴荪甫盘进八个小厂，以及朱吟秋的丝厂，我们看见大资本家并吞小资本家，马克斯的资本集中说，在殖民地的国家也成事实，然而在帝国主义桎梏下的中国资本家，到底也战不胜洋商的资本雄厚；不久朱吟秋恨吴荪甫忍心的事，吴荪甫也不能不悲痛的照演一次，他将八个厂押给洋商了，他这事实说明中国的民族工业不能抬头。

四，懦弱无能的中国民族资本家，不但感受帝国主义的压迫，赵伯韬的掉枪花，同时就是他的内部也含着很大的矛盾，如工人对他罢工威吓，农民的骚动，以及屠维岳与钱葆生，甚至曾家驹李麻子等等，都是吃醋争风，不能一致，使得吴荪甫一向自信的人，也表现出犹疑，急躁，无能。

五，由秋律师，丁医生，范博文，杜新箨，以及张素素，克佐甫等等，这些知识分子，各人都有很大的分野线，律师医生供资本家吴荪甫用的；张素素，吴芝生在阶级上是反对资本家吴荪甫的；范博文，杜新箨，一个诗人，一个留学生，诗人躲在艺术之宫里，要有刺戟，留学生则什么都不在乎，满口里是"外国好"；这都是代表现社会里的知识分子。

六，从《子夜》里所出现的几个女性，也很值得我们研究，如吴少奶奶，杜姑太是代表贤妻良母的；徐曼丽，刘玉英，冯眉卿，老九这些都是资本主义社会的寄生虫，她们会搞钱，探消息，媚人，完完全全是资本家的泄精器，可是也是现代都市的产物！然而另一方面有不知死活的林佩珊，有突变的吴四小姐，有游移不定的张素素（被示威吓上酒楼）；特别令人有很深印象的还是何秀妹，张阿新，月大姐，尤其是何秀妹的顽强，月大姐的真诚，可是被背"公式""术语"的人弄糟了！我们从这许多不同的女性表现上，认出她们的阶级来。

七，至于恋爱问题，也直接间接的讨论到，如吴少奶奶之与雷参谋，是"恋爱逃不了黄金的"；林佩珊与杜新箨，是拿恋爱当顽艺，充分表现状上时代病的产儿；而真正的恋爱观，在《子夜》里表示的，却是玛金所说的几句话："你敢！你和取消派一鼻孔出气，你是我敌人了！"这表现出一个女子认恋爱要建筑在同一的政治立场上，不然就打散。

八，从克佐甫以及蔡真的术语里，和他们夸大估量无后方等布置，充分表现着立三路线的盲动，忽略月大姐的报告，不替月大姐想出"好办法"，结果使月大姐茫然，这正是十九年的当时情形！也许有人说作讥讽共产党罢，相反的，作者却正借此来教育群众呢！

四

以吴荪甫那样刚强自信的人,结果都使他的企业失败,这原因当然是帝国主义的压迫,和封建势力的摧残,但另一方面我们又不可不注意到个人主义的没落和集团主义的兴起,吴荪甫以及周仲伟的失败是环境的逼迫,五卅示威以及闸北罢工的失败也是环境的逼迫,但在同一环境逼迫中却有分野,那就是前者是历史上的必然,后者是战术上的必然,不能同一看法的!

五

在最后我更有许多话要说,这多少是我读过《子夜》后所发的意见:

一,有许多人说《子夜》在社会史上的价值是超越它在文学史上的价值的,这原因是《子夜》大规模的描写中国都市生活,我们看见社会辩证法的发展,同时却回答了唯心论者的论调。

二,在意识上,使读到《子夜》的人都在对吴荪甫表同情,而对那些帝国主义,军阀混战,共党,罢工等破坏吴荪甫企业者,却都会引起憎恨,这好比蒋光慈的《丽莎的哀怨》中的黑虫,使读者有同样感觉。观作者尽量描写工人痛苦和罢工的勇敢等等,也许作者的意识不是那样,但在读者印象里却不同了。我想这也许是书中的主人翁的关系,不容易引人生反作用的!

三,在全书中的人物牵引到数十个,发生事件也有数十件,篇长近五十万字,但在整个组织上却有许多处可分个短篇,这在读到《子夜》的人都会感觉到的。

四,人家把作者来比美国的辛克来,这在大规模表现社会方面是相同的;然其作风,拿《子夜》以及《虹》,《蚀》等来比《石炭王》,《煤油》,《波士顿》,特别是《屠场》,我们可以看出两个截然不同点来,一个是用排山倒海的宣传家的方法,一个却是用娓娓动人叙述者的态度。

五,在《子夜》的收笔,我老是感觉得太突然,我想假使作者从吴荪甫宣布"停工"上,再写一段工人的罢工和示感,这不但可挽回在意识上的歪曲,同时更可增加《子夜》的影响与力量。

关于高尔基的书——读邹韬奋编译的《革命文豪高尔基》

想着,也许这是——一本好书,诚心诚意地写了的,不少人读着它而感动了,争论了,学习了思想;也许,它用新的思想使得一些人丰富起来,用自己的温暖使得许多人在冷酷的孤独时间暖和起来。(高尔基:《书》,《高尔基文集》卷八,二三八页)

邹韬奋先生编译的这本《革命文豪高尔基》的确是这样一本书。虽然这书的原文——美国康恩教授的《高尔基和他的俄国》——就已经包含着一些模糊的偏颇的见解,然而它没有疑问的感动着读者,引起读者的许多新的思想,教训读者许多生活的经验。书是要会读的。一切书都不会告诉你现在的公式或是什么秘诀——例如成名秘诀,学成文豪的秘诀。一切书都是为着帮助你思想,而不是为着代替你思想而写的。

《革命文豪高尔基》叙述着二十世纪的一个巨人的生活。他从社会的"底层"冲破农奴宗法社会的罗网,燃烧着真正人类的光芒——新的文化的灯塔;挣脱着私有主义和市侩主义的羁勒,而歌颂着洗刷这污浊世界的暴风雨。这高尔基的生活在这里相当的反映出来,虽然不免有些模糊的烟雾,然而这巨人的生活过程始终明显的在读者的眼前经过。美国大学教授的偏见还不至于淹没新世纪文学的巨大形象。

最近有人说起"每一个文学者必须要有所借助于他上代的文学"。然而他所说的上代是《庄子》和《文选》（施蛰存先生，见《申报·自由谈》）。德国的农民战争，法国的大革命，俄国的十月对于中国人是否也算得"上代"呢？像高尔基那样的"文学者"，他的"上代"又是什么呢？

"高尔基紧靠着外祖母的身边，静听她的温柔的话，关于她对于人生，对于贫的和富的，关于她自己的经验和观察此时高尔基脑际充满了新的印象，靠着外祖母的温暖的身体，沉沉地睡去。"（邹编《高尔基》，四五页）外祖母的故事，歌谣，神话以及俄国和世界的"上代"文学对于高尔基决不是一张白纸。但是，这文学也决不是《庄子》和《文选》之类的意思，这至少是对于"贫的和富的"等等人生经验的意义。固然，俄皇政府审查合格小学教科书里，也同中国一样，不会对于"贫的和富的"等等有什么像人话的解释，那里是充满着虚伪和伪善的。然而从民间的故事和歌谣里，高尔基却会吸取一些现代还有生命的东西，也因为这一类的上代文学里的确包含着一些现代的种籽。自然，不仅是民间文学。人类文化的成绩，一代代的积累起来，每一个历史阶段，每一次伟大的反对"思想上的僵尸化"的战斗，都含孕着新的文化和文艺的胚胎。问题是在于怎样在难产的过程里争得新的生命的权利。没有一个新的生命不是经过"产生"的痛苦过程的。看高尔基的青年时代，他的所谓"大学"——流浪的劳动的生活，再看现代这新的文化和新的文学，以至整个新的社会，是怎样产生的？高尔基对于智识的渴望，他对于书的爱好，那么勇犯精进的态度，其实代表着新兴的整个"社会力量"。在文化艺术方面，他可以算是这个"力量"的象征。

"高尔基在河边的时候，有时候看见易索特也在他的身边，易索特在这种万籁俱寂冷气沁人的夜里，常常诉说他的梦想他这样说：'老弟，分你的心灵给别人共享，这是多么一件好事！'"分出心灵来给大众共享！文化的生活，理智的，不驯服的，不妥协的斗争，智识，科学，技术的胜利，克服自然，克服人造的黑暗，愚昧，剥削，偏见，迷信，统治阶级的一切卑劣和欺罔，这是大众的事业，这是先进分子领导大众的责任。高尔基的一生，高尔基所代表的"社会力量"的目的，不会不是这种事业的完成。高尔基现在已经能够亲眼看见这方面的伟大的成绩，新的文学——普洛文学也在高尔基的周围放着万太的光焰了。

　　说起来，文化和智识的传播似乎是"智识阶级"的使命。然而，请看高尔基一生的"际遇"罢。亲切的了解大众的生活，对于他们——"智识阶级"，始终是件很艰难的事情。"当时高尔基所来往的智识阶级，对于他的个人的生活，都是这样淡漠的态度这班智识分子都把高尔基看作'尚须加以同化的原料'，无怪唤不起高尔基对于他们的同情，也鼓动不起他对于他们的信任心。"然而高尔基同他所代表的"社会力量"一样，对于一切有希望的智识分子，都竭力扶助着，鼓励着他们"为人类的文化"做点事情。俄国后来的许多文学家，除开极少的例外，差不多没有一个不是高尔基所赞助的。直到现在，他还不断的担任着无数文化方面的工作，帮助新兴文学者的学习。

　　高尔基对于"智识阶级"的信任心其实也许太大了。"邱科夫斯基还这样接着说道：'我们不得不明确地承认，我们在当时那样缺乏面包，伤寒症蔓延的数年间，幸而还得保全生命的，大部分不得不归功于我们都做了高尔基的"亲属"，我还常常看见高尔基替那些著作家说情，他们在革命以前却曾经卑劣地窘迫过他。'邱科夫斯基还忘记提起的，是那些受过高尔基救济的著作家里面，有许多一跨出苏联的边境，就比以前更加卑劣地糟蹋他！"

　　总之，这本书里，读者——譬如我罢——可以得到文学，社会，以至政治上的许多智识，引起我的许多感想：那陈旧腐败的俄皇政府，那卑劣残酷的市侩主义社会，用尽了一切力量和手段来反对高尔基，压迫高尔基，——现在到那里去了呢？

"非政治化的"高尔基？？——读《革命文豪高尔基》二

邹韬奋先生编择的《革命文豪高尔基》用叙述了高尔基和列宁的争论，尤其是关于一九一七年高尔基的《新生活报》的事实，叙述得很详细。并且说"这个报停办之后，高尔基留在俄国的其余时间，都完全用于非政治性质的工作"。

关于《新生活报》的问题，值得说一说。因为邹先生——也许是美国教授康恩先生——没有清楚的叙述高尔基的改变政治态度和坦白地承认自己的错误，所以"非政治性质"这句话很可以引起误会。其实，"十月"之后的高尔基虽然经过一些时间的动摇，可是不久就坚决的担负了伟大了的"政治工作"——难道他的编辑许多种文化杂志，丛书等等，不是政治工作吗？尤其是一九一八年之后，他参加"Com. International"杂志的编辑，他的团结和组织许多革命同路人的工作都是有重大的政治意义的。

新的社会的产生，克服着难产之中的一切痛苦，不会不战胜高尔基的怀疑。高尔基在革命初期的《新生活报》上，的确，曾经表示些对于革命的失望。然而到了一九一八年五月间，他在《新生活》的论文里的情绪，已经表现着相当的转变。那年五月十七日，他写道："醒醒和垃圾，在太阳好的日子，总要格外显露些；时常会有这样的事情：我们太紧张的注意着那些敌对我们对于'更好的'渴望的事实,我们就反而不再看见太阳的光线,仿佛不感觉到它的活跃的力量。现在,俄国民众整个儿的参加了自己的历史——这是有极大意义的事变,应当从这里出发,来估计一切好的和坏的,一切使得我们痛苦和愉快的。"《新生活报》到一九一八年七月十六日才停办的;而六月间,高尔基就已经停止了自己在这报上发表文章,感觉到《新生活报》以前的态度,事实上违背了他的步:赞助劳动民众的真正的文化革命。

这在后来,高尔基屡次坦白的承认过的。例如白俄侨民的文学家 A. 列文松在巴黎"Temps"(《时报》)上攻击高尔基的时候,有一个左倾的杂志"Europe"(《欧洲》)给高尔基一封信,诚恳的请求他答复。高尔基的回答是:"列文松的文章对于我一点儿也没有什么侮辱我想,用不着说什么魔鬼,因为人们想出了,并且拥护着比地狱还坏不少的东西——这就是现代国家的可耻的结构。我同布尔塞维克一块儿走,他们是否认自由的? 是的,我同他们一块儿走,因为我拥护一切忠实的劳动的人的自由,而反对寄生虫和空谈家的自由。在一九一七年,我同布尔塞维克争论过,敌对过,当时我觉得,他们没有能力领导农民,而农民被战争所无政府主义化的了,而且布尔塞维克同农民的冲突,会使工人政党灭亡。后来,我相信了,这是我的错误,而现在我完全深信,不管欧洲各国政府的敌视,以及因为这种敌视而发生经济上的困难,俄国的民众已经走进自己的复兴时代。"

高尔基的创作生活一直同广大的群众斗争联系着的。如果看一看俄国革命运动的历史,一九〇五年,反动期间,欧战,"十月",经济恢复和五年计划那末,我们可以看见高尔基的天才总在反应着当时的事变,回答历史所提出来的新的问题。他自己在斗争,在群众里学习着,他给群众极宝贵的"精神粮食"——伟大的艺术作品。他在斗争和工作的过程里改正自己的错误,磨砺自己的武器。

他说:"当然,在极卑劣的许多次害虫政策的事实之后,这固然是一部分专家的反动手段,可是,我必须重新审定——而且已经重新审定了我对于科学家,技术专家的态度。"他的重新审定的态度,正是他的新的创作的渊源。一九二五年初他对人说过:"我在写着一部大作品。写的是'空想出来的'人。我们这里

'空想出来的'人实在多。有人把他们'空想出来',而他们也在自己把'自己空想出来'"这就是《四十年——克里漠·萨漠京》。这部大小说是说的一九〇五年之后俄国智识分子的离开革命。这是"中等知识分子"的写真。这种分子是占了革命者职位的市侩,是钞袭和盲从别人的思想的奴才,而自己按照着书本空想出自己的典型——一些无才的聪明人。结果,他们用自己的雪白的手拥护那"比地狱还坏不少的东西"。

　　高尔基的创作生活的变迁,譬如上面所举的一个例子,可惜在邹先生编的《革命文豪高尔基》中太少了。然而不管这些——不管政治上的某些模糊的见解,不管关于文艺生活的缺少——这本书对于读者还是一件宝贵的赠品。尤其在中国现在——介绍和学习世界文学的参考书如此之少的时候。读者真正要学习的时候,他自然会深刻的思索,勤恳的找寻材料,用批判的态度去读一切;那么,像邹编《高尔基》对于他一定有很大的益处。我在读完之后,指出这本书的几个缺点,目的只在收集一些材料在这里,帮助别的读者的判断。而且表示希望关于高尔基,尤其是高尔基自己的作品,有更好的,同邹编的这本同样认真的译本出现。

择吉

中国的算命先生最善于替人家"看日子"。讨老婆,出殡,安葬,开工等等都要挑选吉日。这叫做择吉。中国的什么纪念日,大概也是用了择吉的法子挑选出来的。

一九一五年五月七日,日本对中国提出了"二十一条"的最后通牒,限四十八小时内答复,所以五月九日袁世凯政府就答应了日本的要求,"答订了辱国条约"。于是乎就为难了,纪念"五七"呢还是"五九"?挑选的要,北方是纪念"五七",这是说日本不顾"国际公理";而南方纪念"五九",这是说袁世凯卖国,勾结日本。当时是北方代表反动,南方代表革命,北方的吉日是"五七",因为这似乎可以开脱一些袁世凯的罪名;而南方的吉日是"五九",因为要着重地指出卖国贼的罪状。现在"南北统一"了,究竟哪一个是吉日呢?今年索性都不准纪念了,而日本正在用枪炮实行二十一条,而且超过了十倍还不止。大概就因为二十一条反正已经实现了罢,所以只有"华租两界加紧防范反动分子利用'五七''五九',施行捣乱,故宣布特别戒严"云云。这样,似乎"五七""五九"都不是吉日了。虽然"国耻"的官样文章还在做着。现在新的择吉问题却是"五五"。"五五"是"犹太秽种"马克思的生日,又是去年上海停战协定签字的日期,又是十二年前(一九二一年)孙中山先生就任非常大总统的纪念日。究竟纪念什么呢?最近的纪念自然是去年的上海协定,但是现在是只能够纪念"一二八"日本向闸北开炮的日子,不能够纪念"五五"签订缓冲区协定的盛典。这理由很明显,就是这"并非辱国条约"！至于马克思生日，那不用说，中国比马克思自己的祖国还"先进"：我们这里早就禁止纪念了，而德国直到今年才由法西斯蒂政府宣布禁阅马克思的书籍。最后，当然是非常大总统就任的"五五"是值得纪念的吉日了。然而我们觉得很怀疑，最近一位"在野的"要人说："民众无政治知识，致政权为少数人所操纵，以前之选举，即其明证，故必须训政。"十二年前选举非常大总统的时候，当然还没有经过训政，那时的非常国会，选举非常大总统的，不是由"无政治知识的民众"选出来的吗？当时的选举不是"为少数人所操纵"的吗？少数人所操纵的无政治知识的民众选举非常大总统的日期，似乎不见得"吉"。那真是为难极了。幸而好，"五五"除开上述三个纪念之外，还有第四个纪念，这就是一九三一年南京召集的国民会议开幕日，那次国民会议议决了"训政约法"，选举了国民政府主席，宣布了中国的"完完全全的统一"，"建设时期"的开始，大举剿匪的誓师，懿欤盛哉！虽然那年就有了"不凑巧"的"九一八"，似乎有点"不祥"，但是，其实也在"建国"纲领之内的，要知道"九一八"是大亚细亚主义实现的开始呵。

写在前面——他并非西洋唐伯虎

萧伯纳在上海——不过半天多功夫。但是,满城传遍了萧的"幽默","讽刺","名言","轶事"。仿佛他是西洋唐伯虎似的。他说真话,一定要传做笑话。他正正经经的回答你的问题,却又说他"只会讽刺而已"。中国的低能儿们连笑话都不会自己说,定要装点在唐伯虎徐文长之类的名人身上。而萧的不幸,就是几乎在上海被人家弄成这么一个"戏台上的老头儿"。但是,真正欢迎他的,不是这些低能儿。事前的"欢迎者",各自怀着鬼胎,大家都想他说几句于自己有益而刺着别人的话。而事后一些"欢送者",就大半瘟头瘟脑——大失所望。"和平老翁",变成了"借主义成大名挂羊头卖狗肉的"了。

可是,又舍不得他这个"老头儿",偏偏还要借重他。于是乎关于他的记载,就在中英俄日各报上,互相参差矛盾得出奇。原本是大家都想把他当做凹凸镜,在他之中,看一看自己的"伟大"而粗壮,歪曲而圆转的影子;而事实上,各人自己做了凹凸镜,把萧的影子,按照各人自己的模型,拗捩得像一副脸谱似的:村的俏的样样俱备。

然而萧的伟大并没有受着损失,倒是那些人自己现了原形。萧伯纳是个激进的文学家,戏剧家。他反对那些干文字游戏的虚伪"作家",他把大人先生圣贤豪杰都剥掉了衣装,赤裸裸的搬上舞台。他从资产阶级社会里出来,而揭穿这个社会的内幕。他真正为着光明奋斗。他战胜着自己身上的旧社会的玷辱和污点。他并不吊住在自己的迷误的"主义"和"思想"上，而昧着良心来诅咒新社会的产生。他只见到过"改良"，而事实却是"革命"，他没有因此就恼羞成怒；相反的，他立刻向着"革命"开步走。于是乎那些卖人头的，都嘘嘘的"欢送"他。

所以真正欢迎他的，只有中国的民众，以及站在民众方面的文艺界。中国的民众并不当他是什么"革命的领袖"，"完全的社会主义作家"，更不会当他是偶像。他们认识他现在是世界的和中国的被压迫民众的忠实朋友。

我们收集"萧伯纳在上海"的文件，并不要代表什么全中国来对他"致敬"——"代表"全中国和全上海的，自有那些九四老人，白俄公主，洋文和汉文的当局机关报；我们只不过要把萧的真话，和欢迎真正的萧或者欢迎西洋唐伯虎的萧，以及借重或者歪曲这个"萧伯虎"的种种文件，收罗一些在这里，当做一面平面的镜子，在这里，可以看看真的萧伯纳和各种人物自己的原形。

Welcome

Welcome 伯纳萧！欢迎伯纳萧！

但是，上海欢迎萧伯纳，以及关于萧伯纳的文章太多了，挤在一起似乎不大舒畅。因此，我们决定把这一栏再分成上下两半截。一时想不出适当的两个标题。可巧《申报》的《春秋》上有这么一段话：在此"不顾生命，只求幽默"的潮流中，世界第一流幽默文学家萧伯纳老先生，居然抱着温和的傲态，光临"渠以为殊有兴趣的中国政府"治下的中国。中国是否有什么"不顾生命，只求幽默"的潮流，倒还并未查考出来；不过这却便宜了编者——我们就机械地把这个"潮流"的尊号截成两段：上半截叫做"不顾生命"，下半截叫做"只求幽默"。这种"割裂"完全是机械的，别无其他用意——特此申明。

《一半儿恨他一半儿爱》

按语

　　许啸天先生也注意到了"萧的这一次转变",要把"移转在民众手里"。许啸天先生说:"萧先生,快来归我们!"这"我们"是谁?是民众?许啸天和民众——倒是一个新题目。这当然很好,也许许先生也要"转变"了。

　　但是"接受诺贝尔的奖金"是可恨,而"参与所谓社会主义运动"是可爱,这是什么道理,我们不懂。这里的逻辑,似乎和《大晚报》骂的"坐在安乐椅里又要谈共产主义"是一样的。对于左倾作家的这种责备或者谩骂,都是跳不出一种市侩逻辑。不管是好意或者恶意,这种论调其实有点儿滑稽。萧接到诺贝尔奖金归他所得的消息的时候,他说,他们把这奖金给我,是奖励我这一年没写什么东西——没有开口。他拒绝了接受这笔款子,而把这八千金镑捐给了瑞典的穷苦作家。他还说过:"进益不平均,社会就永远得不到安静",假使有一位千万的富翁,把资产分送尽了,那么,社会还是一样,并且更多了一个穷人。他觉得不是根本的改革,浮面的救济是无用的。

　　如果许啸天先生所了解的"快来归我们"的意思,只是要使社会上"多一个穷人",那么,从他的"吃屁中之屁"起,直到"快来归我们"而止——这全篇文章都只是滑稽或者"幽默",再也没有什么别的。廉价的"幽默"和糊涂的推论,似乎也是一种病症。

〔附〕一半儿恨他一半儿爱

许啸天

我们红叶会同志也是"矮子吃屁"式的跟在人家尊臀后面赶着印出一张专号来,而我的写这几句,更是吃屁中之屁。

提起伯纳萧,叫我一半儿恨他又一半儿爱他!这位宝贝,在戏剧上的态度,我可以在他自己写的一个剧本《鳏夫的家庭》里特仑池所说的一段道白为代表。特仑池一方面反对残酷的资本家,而一方面又舍不下其资本家女儿迷人的劲儿;他迷糊了!他彷徨了?便说出一句不彻底的话来道:"我愿娶你的女儿;可不要你从不道德攫夺得来的财产,一丝一毫也不要!"要女儿不要财产,行吗?果然他终于不彻底的娶了资本家的女儿,又接受了他的财产。

如今我们这位萧先生,他一方面也参与所谓社会主义运动;一方面又去接受诺贝尔的奖金,这还不像那特仑池的一句话吗?"你的女儿,我是要的;你的钱,我可不要。"

如今我们的萧先生听说是转变过来了!我实在爱萧先生!我同时又实在恨萧先生!萧先生天才的伟大,以及他理想的清晰,纵横驰骋,无所不利。他是戏剧家,是政治家,是社会学家;同时又是一柄锋利无比的剑。我希望萧先生这一次的转变,把他的剑柄移转过来,移转在民众手里,——萧先生!快来归我们!

儒林最新史——倡优苦

第零回　断发文氓枉操夷语　满堂花脸难识人心

话说当天下午三点多钟，萧伯纳等就离开了世界学院，回到孙夫人家地去了，按下不表。却说世界学院的小客厅里，只留下几个当差的在收拾屋子；其中有一个叫做王七，从前当过西崽，会说几句洋泾浜，他指手画脚的把萧伯纳说的什么，讲给大家听，扫帚都丢在旁边，地也不扫了。碰巧一个小职员，绰号叫做老大的走了过来。这老大的英国话自然说得比王七好些。他听王七乱说，就驳了他几句，这样，两个人就争论起来。王七说，他明明听见萧伯纳指着老生的脸谱问是不是中国的老爷。老大说不是这么一回事。王七就说，"那还要争，当时那位朱如洞先生，头发剪得齐齐的，刷得雪亮，一身好洋装，比你老大漂亮多了，人家是留学生，强似你这个土老头儿；他就回答了萧伯纳说：——不是老爷，是舞台上的老儿。"老大说，"嘿，那朱先生我知道，他就听不全，他讲的洋泾浜，只有你懂得，你看见萧先生理他没有？"王七说，"那白头发老先生自己就不懂自己的大英话！我服侍过不少洋大人，也没有见过他那么大模大样的。他配当老爷？老爷只有像朱先生那样的人，才当得。他就算懂得，听人家说，那个像他自己的老生脸不是老爷，他也要恼羞成怒，气得不理人罢了。"老大道，"好，你和你的朱先生只会这样使小心眼儿。告诉你罢，那萧老先生说的是：中国戏台上的脸，一看就知道：谁是奸臣，谁是忠臣，谁是文官，谁是武官，谁是老，是少，是男，是女,清清楚楚;我们世界上的人,倒难对付得多,搽脂抹粉,装腔做势,明明是洋奴,偏要充英雄,这叫做知人知面不知心!"王七瞪着两只眼,一时说不出话来。

早知后事如何,不必下回分解。

〔附〕五十分钟和伯纳萧在一起

我们的汽车,才停在莫利爱路故孙总理住宅的门前,看见一个穿灰色大衣的外国老头儿,白发,白须,高鼻子,粗眉毛,小眼睛,从门口踱出来。预先候在门外的新闻记者和摄影记者们顿时把他包围起来。洪深充作临时翻译,对记者们说:"三点钟请诸位派代表再来,伯纳萧先生预备接见新闻记者,以六人为限。"

伯纳萧钻到宋子文的私人汽车里,我们的汽车,紧紧跟在后面,在霞飞路上疾驰,一直向福开森路世界学院开去。我看时表,是两点三十五分。

在世界学院一间精致的小厅里,已经有十几位男女在那里恭候。大半都是世界笔会中国支会的会员,有戴眼睛穿马褂的蔡元培,团圆面孔静如好女子般的梅兰芳,胡髭像刺猬般的鲁迅,还有叶公绰,杨杏佛,林语堂,张歆海,谢奉康,邵洵美以及其他与政治文艺都有关系的名媛与要人。

洪深真是一个热心的导演,他忙着要把这一群的男女临时支配成一个舞台场面,他请萧老头儿坐下来,但是这一个可爱的老头儿,不知是要学习中国礼貌呢还是要表现他的不老的精神,仍旧像一尊石像般兀立在中间,大衣也不脱卸,便和来宾一一握手行接见礼。

不懂中国话的伯纳萧先生,和不会说英国话的梅兰芳,彼些相见了。萧老头儿辟头第一句,并不说久仰岂敢一类的客套,他在白胡髭下露着笑容说:

"我们都是同样的人物吓!"

他这一句话,无非是说梅兰芳是一个做戏的,他是编戏的,彼此都是舞台的人物。但是此老颇有矜夸他和梅兰芳者是所谓世界名人的意味。梅兰芳,自然极客气地说了许多景仰和不胜荣幸一类的答词。

常被人家用许多问题诘问的萧老头儿,他乘梅兰芳还没有提出请教一类的话前,先下手为强,他便问道:

"我有一件事,不很明白。我是一个写剧本的人,知道舞台上做戏的时候,观众是需要静听的,为什么中国的剧场反喜戏把大锣大鼓大打大擂起来,难道中国的观众是喜欢在热闹中听戏吗? 若使叫英国的小孩听了,一定会发惊疯的。"梅兰芳很和婉地回答道:"中国戏也有静的,譬如昆剧,从头到底是不用锣鼓的。"

萧老头儿被强迫坐下来,大家都静穆地围着要求他讲演,他仍旧穿着一件灰色的大衣,突然从椅子上站了起来,照例说了一声:

"小姐和君子们请了"

他接着用演说者应有的声调说了一大套表示他不愿意也不预备在上海作什么演讲。他说"我到这里来,好像是动物园中的一件陈列品,你们既已经都看见了,我想也不须再多说话了。"他最后表示很愿意受座间任何人很随便的质问,只要不是严肃而非沉闷的,他都愿意答复。

不知道是哪一位先生,叶公绰呢还是林语堂,问道:"先生为什么理由,不吃肉?"

"我不喜欢吃,便不吃,没有理由,也没有什么主义。"若使别人说了这一句没礼貌的回答,也许要使人生气,但是萧老头儿是一个著名爱说俏皮话的,大家不但没有生气,反而哈哈地大笑起来。现在是轮到送纪念礼物的时候了。笔会的同人,派希腊式鼻子的邵洵美做代表,捧了一只大的玻璃框子,里面装了十几个北平土产的泥制优伶脸谱,红面孔的关云长,白面孔的曹操,长胡子的老生,包扎头的花旦,五颜六色,煞是好看。萧老头儿装出似乎很有兴味的样子,指着一个长白胡须和他有些相像的脸谱,微笑着问道:

"这是不是中国的老爷?"

"不是老爷,是舞台上的老头儿。"我对他说。

他好像没有听见,仍旧笑嘻嘻地指着一个花旦的脸谱说:"她不是老爷的女儿吧?"

当许多人围着萧老头儿在争看那个小玩意儿,鲁迅一个人,似乎听不懂英国话,很无聊地坐在一旁默默不语,一忽儿他安步蹑出到外面另一间里去了。

十分钟后,我们的汽车跟着宋子文的自备汽车,我们又在宋庆龄女士的住宅前了。

最初是由充任临时翻译的洪深,林语堂传达道:"请新闻记者们公举代表六人进去。"

但是可爱的萧老头儿,不要叫人失望,他征得了房东太太宋庆龄女士的同意,把所有中外新闻记者们,都请到草地上去了。

雪白胡须的老头儿,先立在一只鸽棚前:想去抚摸一只无知小白鸽,那小东西扑的一声飞走了。

记者们,老是那样地提出了许多很严肃的问题,要他发表关于远东,中国,东北,社会各种的意见。他也老是用着他习惯对付新闻记者的方法,象调侃又像讽刺说了一大篇谈话(详见今日各报所刊伯纳萧谈话)。中间有一个外国报的新闻记者,听见他揄扬苏俄革命的成功,和萧老头儿争辩了许多时候。老头儿照样说着俏皮话从容回答。宋庆龄女士脸上表现满足的神情,站在草地石阶前。闭紧着将要笑出来的嘴唇,很有兴味地倾听萧老头儿巧妙的议论。

三点廿五分了,我因事不得不离开萧老头。当我离开那个只能在上海勾留八小时的爱尔兰七十七岁老人时,我看见戴眼睛穿马褂的蔡元培,和刺猬须发的中国老作家鲁迅,他们二人正静穆地站在草地一旁,仰头望着天空看云,我行色匆匆,也来不及问他们对于萧老头儿有什么意见了。

哑萧的国际联合战线

萧伯纳到中国来,在香港就放了一个大炮——"宣传共产";在上海也没有说什么好话——很有鼓动民众推翻戏子统治的嫌疑;在北平又骂"中国过于酷爱和平,反受和平之累"(二十二日《申报》)。这老头儿最爱说人的坏话,自然是讨厌而可恶得很。他既然处处得罪人,难怪引起了国际的联合战线来反对他:

英国的上海政府半官报,《字林西报》,骂他想做鲍罗廷。中国的上海当局半官报,《大陆报》和《大晚报》,骂他"不诚恳",骂他"卖狗肉"。

日本的上海殖民地机关报,《每日新闻》,骂他怕老婆。白俄的上海移民机关报,《上海霞报》,骂他"挂羊头"(下半句和《大晚报》同)。

上海的国际联合战线还不够,在北平,因为胡适博士的主张——那主张也很"幽默"的——学界和教育界拒绝招待他。这联合战统煞是好看。因此,我们把萧伯纳一九三三年游华事件的"哑萧文件"都收集在这里,请大家看看。

俄国公主论萧伯纳

上海俄文报(《上海霞报》)——颜色当然是白的,二月十九日也登了一篇文章,题目是《我们和萧》。这里的"我们"是谁? 我想用不着注疏。好在这篇"美文"并不长,而且照署名看起来似乎还是一位"高贵的"美人儿写的:"MeryDevid",所以赶紧重译转载如下:

我们和萧

如果著名的伯纳萧能够在上海多留几天,那他就可以看一看人家谈论了他些什么。也许,他还要请当地的新闻记者去,自己问他们几个问题,譬如说罢:

——你们还承认我是"伟大的人"吗,或者,你们以为"伟大"这个字只是形容我的过去和我的身量的吗? ——我的共产爱国同志,这样冷淡地招待了我,你们不觉得奇怪吗?

——你们是否以为我和著名的俄国革命祖母白莱史珂•白莱史珂夫斯嘉有点相同呢?

——你们是否以为我提出来的口号,劝当地的共产党员"赶快逃跑罢",是非常之妙的呢——?

——我对于苏联没有私心的忠顺,我的赞美苏联是不受报酬的,你们是否认为可爱呢;为着这个级故,你们是否以为我也受得起象"列宁的玻璃棺材"那样的纪念碑呢?

——一般的说罢,你们是否认为我是"躲在盒子里去"的时候了,因为除此之外,我是什么也不能够做的了? 然而可惜萧走得太早了,因此,他简直不知道上海人对于他有些什么样的想头。

我自己,无论同什么人都很少谈起萧,然而,照我在各处所听见的零碎的意见看起来,我却得到了这样的一个结论:上海人从萧所得到的欣喜,比他从上海人所得到的欣喜还要少些。譬如有一位体面的先生,当萧从杨树浦那边就躲到不知什么地方去的时候,一批新闻记者去问他怎样就可以找着萧,这位先生的回答是:

——你们在报纸上去登一个广告罢,就说:"遗失山羊式胡子,花白头发的老头儿一枚。"

另外一位先生,以前是很崇拜萧的创作的,他读过了这个著名的罗达莱俱乐部的戏剧作家的答复,很诚恳的表示他的惊异:

——唔,你要知道——他说——这个之后,我要认为萧以前的好作品不是他自己写的,而是他的当差的写的。那些剧本,萧当然是写不出来的。

至于私人谈话之中加在萧的姓名上的那些各种各样的形容词,我在这里不愿意说,这并不是因为我怕羞,而是因为我本来不是造谣专家。

上海对于这个著名的老头儿的态度,最好用一句俗话来形容它,这句俗话,在萧还没有来得及回到轮船上去继续自己旅行的时候,就已经传遍了全面。

这句俗话固然是老话,不过特别为着萧改造了一下:

——来了,看见了,撒了滥污了。

MeryDevid——白俄报《ShanghaiZaria》,

二月十九日。

这里的署名写着"Mery",是一位"女作家",当然更是公主了。

这位公主还害羞,自己声明不是造谣专家。但是,她居然代表上海市的二三百万市民说:"上海人"怎么对待萧,又是冷淡,又说萧是山羊式的老头儿,又说"那些剧本,萧当然是写不出来的"等等。她自己说"无论同什么人都很少谈起萧,但是,她立刻就跑遍了上海市,而且调查得清清楚楚:仿佛上海人已经把一句拉丁成语改成了"俄国俗话",而且"传遍了全城"。这位公主的"并不造谣"

的本领实在不小。但是,她不敢提起萧伯纳说的一句话!"假如今日君返国之后而仍能逃走者——君于此时返国一观察,必知今日情形之甚佳矣。"

附记:据从俄文译成英文的英国朋友 MY,Arnold 说,她这篇"美文"有几句不大通,例如末了一大句。但是,这个俄文通不通的问题,我们管不着,——万事有公主自己负责,——所以仍请 A 君逐字逐段"直译",再重译转载在此。

日文上海《每日新闻》的卑污

日文《每日新闻》关于萧伯纳的"记载"——其实是谩骂，可以算得杰出的了，请看罢：

萧的念念不忘者(太太的"娇羞病"出诊记)

世界的嘲弄专家萧翁在十七日的早晨，说是"因为太太生病"，拒绝了宋庆龄女士请他上陆的事实，传了开来的时候，等在税关码头上的记者团之间，就有了一个电光似的宣传的故事。——

有一个萧所念念不忘的东西，就是他的太太。虽是世界第一的嘲讽老头子，却是很怕老婆的呵。最不高兴旅行，但只要老婆一拉，就连朝山也会去。对着老婆，是抬不起头的。老婆也不像她的男人，非常怕羞，听说还没有和萧一同照在新闻照相的镜箱里面过。今天的"病"，也是"娇羞病"呀，一定的。但到午后，此翁竟难却宋女士的邀请，整上陆来了。于是记者。就和漫画家波多江种末氏一同，到吴淞洋面的"英后"上去诊病。正如翁自己对于"好共产主义者"所下的定义，说"是住在布尔乔亚的邸宅里，用着不要工钱的管家婆的头脑之所有者"一样，他俩的船，实实在在是海上的浮城。走进船里面去，只是两个字："豪奢"！所说此翁站在朋卑的废墟上，曾经说过"真还想破坏它一次来看看"，记者也很想破坏这海上的宫殿起来了。走到事务长室去，问问萧翁的"不要工钱的管家婆"的所在，回答是：

——太太是第三舱的一六一号室,萧翁是对面的一五九号。漫画氏和记者就赶忙跑去想诊脉,然而对手乃是连讨厌记者的萧翁也没法想的"娇羞家"。这回的出诊,不知道在胸脯上按着手,来打诊呢,还是不过牵线脉那样程度就算呢?出诊者们正在船室面前想,机会可赏给了这位萧太太的出现了。是从头发到脸,皮肤,从衣服到袜,鞋,全部都是褐色的老婆子。脸是圆的,眼睛下的肌肉,松掉了,在银脚,没边的圆眼镜后面画着脸谱。鼻子圆圆,是和萧翁的鹰嘴鼻取着调和的。右手拿一本厚厚的书,是从读书室的归路。

——这婆子会怕羞吗?

记者轻率地断定着"害羞者,女孩儿家也",而婆子却将下巴撅在记者的鼻子跟前了,一面用手推着门。

过道上就请走过去,不要站住。

真是一八九八年和世界第一的嘲弄专家结婚以来,三十有五年间,受了灌输的辛辣。但一知道"新闻记者的访问",那挑战的态度就无影无踪。

——因为,我,不见人。

连拒绝的话也不过这一点,脱兔一般跳进了门里面——恐怕——屏住呼吸了罢,一点声息也没有。漫画氏与记者于是完成了"娇羞病"的诊断,回到小火轮上了。

日文上海《每日新闻》夕刊,二月十九日。

这种"文章"真正的村妇骂街,无聊之至。日本新闻记者想不出什么别的话来骂萧伯纳,就乱造一大篇谣言,说离不了女人,怕老婆之类。这难道还不是卑污无能吗?

胡适博士的词令

胡适博士最近对《字林西报》记者说:"一个政府一定要有保护它自己而镇压危害它的存在的一切运动的权利"(见二月二十一日该报)。胡适博士现在既然这样忠顺,不但不再讲什么"人民的权利",而且坚决的拥护"政府的权利"了,那么,像萧伯纳那样的"叛徒",自然是他所不愿意见的了,——也许是不敢见,因为万一天良发现起来,脸上难免要热辣辣的飞起两朵红云,显得像梅兰芳博士似的有点儿"驻颜术"。于是他也忽然"语妙"起来:明明是他主使北平学界不理萧伯纳,他还说这是最高尚的欢迎方法。他说听凭萧伯纳要见什么人就见什么人,要看什么东西,就看什么东西。仿佛很自由。但是,假使萧要看看北平的监狱,见见政治犯,那就未免有人要赶紧去通知张学良将军,教他事前怎样布置收拾一下罢。

〔附〕路透社电

萧伯纳今晚六时三刻抵此,在车站欢迎者,有中国新闻记者若干人,彼等包围之,欲与之晤谈,但萧氏谢绝之,俟诸明日。北平教育界及学界决定在萧游北平时不予以招待,胡适之于萧氏抵平之前夕发表一文,其言曰,余以为对于特客如萧伯纳者之最高尚的欢迎,无过于任其独来独往,听渠晤其所欲晤者,见其所欲见者云。——路透社二十日电。

欧洲大战与国民自解

（一九一九年十一月一日）

这一次欧战，死亡几百万，费用几万万，各国文化上实业上建筑上的损失，不计其数。在中国人眼光里看起来，只是不值一笑，甚至于还是一种隔岸观火的态度，说两句现成话，什么"天下为公选贤与能"，摆出最古文化国、最初发明"大同主义"的架子来就算了，仍旧在那里过他的闭关日子。这是怎么说呢？论理中国这一次在和会上所受的教训，不能算不深，应该有几分觉悟。然而中国人的根性，就是懒，就是不肯负责任，遇事推诿，只要不是我的不是，万事多可以过得去的。你看那些评论巴黎和会和山东问题的人，不过说克罗曼梭怎样专横，就是说威尔逊怎样懦弱，克罗曼梭怎样帮助日本，威尔逊怎样不肯为中国出力，不是梁启超的宣而不战的文章、段祺瑞的宣而不战的政策误国，就是说朽腐的旧式官僚巧猾的新式官僚坏事。这种观察究竟正确不正确，姑且不论。但是能够知道这些，就可以算得觉悟么？能够觉悟这些，就可以算尽了国民的责任么？不然的！应当进一步着想。那么，我们再看一看人家是怎样的。英国劳动党的反对政府干涉俄国布尔希维克，美国共和党的反对批准和约，是怎么样。法国的争亚、洛二州，比国的抗拒德国，是怎么样？是否像中国人的笼笼统统给他一个抽象名词，或是你说我不对我说你不对，坐着说不站起来做的。他们成功，有他们成功的原因，他们失败，也有他们失败的原因。总不像中国人的"听其所之"，一概是人家的不是，不干我事我就不管的办法。我所以说，以上所说的那种觉悟,不是真觉悟。

还有一层,这次欧战,照上面所说的那种观察看起来,固然是不值一笑了。所以因欧战而发生的,什么民治主义、人道主义、妇女问题、劳动问题等等,更无注意的价值。在中国人眼光看来,非但不足重轻,并且是欧美人抄袭中国的古书来了。什么"王者之师,无敌于天下","劳心者治人,劳力者治于人","唯女子与小人为难养也"等等,多可以正说反说的胡乱引用,照这个样子,凡是一种学说或是一个问题到跟前,就给他一个笼统的概念含混过去,是永久不会觉悟的。试看一看,印度的代议政治运动,高丽的革命,安南的请愿,波兰犹太的独立,难道多是一个笼笼统统的抽象名词所能成功么? 总要有坚毅的志向,明敏的智能,打起精神,往前干去,方才有万一成功的希望。这坚毅的志向和明敏的智能,是谁的? 不是克罗曼梭、威尔逊、梁启超、段祺瑞、王正延、顾维钧的,是我们国民自己的! 我们国民如其有了坚毅的志向和明敏的智能,克罗曼梭要不帮中国,也是不成的;如其没有坚颜的志向和明敏的智能,他们要帮助中国,也是不成的。这一次中国的失败,失败在哪里? 就是失败在中国人没有坚毅的志向和明敏的智能,不能组织一良好的社会去迎合世界的潮流,建设一巩固的国家,去迎合世界的现势。中国人要是不想生存在世界上,也就罢了。要是想生存在世界上,那就不能不赶快觉悟——真正的觉悟——去改造现在的社会,重建现在的国家。断乎不可再自因循,一味的"听其所之"的了。

过了今天有明天,过了明天还有明天的明天。明天没有完,人生是有限的。这是极普通的道理,谁不知道。为什么中国人总是这样想呢? 总是这样因循呢? 只要看社会上政治上的情形,从极大的事情到极小的事情,没有一点不带这种因循的样子,就可以知道了。中国人看世界上的事情没有一件是紧要的,就像欧洲和会未解决山东问题的时候,全国人对于这个问题多很注意。可是签字不签字闹了半天,报纸上杂志上竟没有看见一篇有具体办法的论文(我所看到报纸杂志虽个多,然而也不少,总是没有,即有,也不能十分引起社会上的注意)。差不多这种问题,也可以当做应酬朋友的闲谈的。至于政府方面更岂有此理,府院的"若不能保留,即相机办理"的电报,竟模棱的可笑极了。自己没有无线电,海底电报往返六七天,再相一相机,已经要八九天了。签字期即在目前,甚至于六月二十七日的请愿团去的时候,起初还是说办法没有一定——还要相机——今天办法没有一定,还有明天。就是现在对俄问题,何尝不是这样。这样明天明天的推过去,中国早已亡了。朋友约着两点钟,等到三点钟,等到四点钟,等到这样三点四点延过去,快要进棺材了。难道中国人竟不要存在世界上么?现在世界是什么情形?中国人要怎么样才能生存在现在世界上?现在世界的新潮流已竟一天一天涌起来了,英、法、美、日的同盟罢工,英美各国的妇女赞举权,不是顶好的证据么?中国人怎么样?中国人还在睡梦里。人家大吹大擂地起来了!不能由你睡了!你要睡也睡不成了!快醒罢!你说都是捣乱,不安分。就是捣乱,就是不安分,你叫他安分也不能了。非但他不能,就是你要安分也不成了。空间是无阻的,思想是有渗透性的。与其后悔追不上,不如早一点醒罢!

请大家揉揉眼看看清楚,自己站的是现在的世界,现在世界上是什么情形?以上所说新潮流怎么会起来的?这一次大战的成绩就只这一点儿。大战后发生一个国际联盟——没有用处,一个国际劳动会——没有用处,威尔逊所新发明的方程式 14=0,早已证明了。世界上的人受了这种教训,所以思想格外变得快,潮流格外涌得厉害。中国人所受的教训是什么?上面已经说过了,和会里面只有中国没有签字了,所受教训总格外比别国人要深切一点,所以中国人尤其应该觉悟得快一点。要有世界的眼光,知道新思潮是壅不住的,赶快想法子去适应世界的潮流,迎合世界的现势。要有历史的眼光,知道思潮的变迁,是历史上一定的过程,不可避免的,赶快想法子去疏导,不等他横决。

中国人如其有这种历史的眼光,对于大战后世界的现势彻底觉悟,真能有精确的辨别力,实在的责任心,真能有坚毅的志向,明敏的智能,真能有爱惜光阴的心,慎重办事的心,那么,中国新社会的基础就建筑在这上面。这才能对得住为这次大战所牺牲的几百万生命几万万费用,这才能算得到真正的觉悟,这才能尽国民的责任。

中国知识阶级的家庭

（一九一九年十一月十一日）

（一）

"老七！你在家么。今天到什么地方去逛呢？"新世界，好么？"

"新世界也没有什么意思，还是到……"

叮当，叮当，两上人坐着马车出去了。只剩着一座冷清清的客厅，客厅里面的挂钟还是滴滴答答的响着，似乎很不耐寂寞的样子。西边一间放着一张小方桌，烟盂里的纸烟头还是余烟袅袅的。东边一间有一张绿呢桌面的书桌，上面许多乱纸，纸角上露着"月之五日某某拜订"几个字，桌上的水盂已经干了，里面网着蜘蛛网呢。三间一式的雕花窗帘，夕阳淡淡的照着满屋子的花影。一个小丫头在厅门口探一探头。"呀！老爷也出去了么？"他就蹑手蹑足的掀开帘子走进去，四面张张望望看了一响，又出来了。

"喂！李贵！老爷回来了。罗老爷易老爷都来了。老爷叫你去请周老爷。我要去料理牌桌子呢。喂！等一等再走，上一次失掉的筹码找着了没有？"——"找着了。不是上一次周妈在五少爷袋子里找着的么？我已经把他放在牌盒子里面了。你快去伺候罢。我马上就去。"

老爷同着罗老爷易老爷坐在客厅里谈天。老爷躺在一张沙发上，口里含着一枝吕宋烟说道："今天真倒运。丽娟这样可恶。老罗，我说到新世界去，你不要,这样的边镶了又有什么意思呢?"老罗道:"老七,你总是这样认真。好了。不用谈了。老周怎么还不来。真的。老周上一次给我说的话很可笑。他说现在是他们新派的世界了。顾维钧多在欧洲出起风头来了。可不是,我们这许多人只好醇酒妇人了。"老易道:"出风头么?哼这才小技鸣于堂,大技藏于房呢。唉!冠盖满京华,斯人独憔悴。"他忽然曼声长吟起来。那沙壳嗓子颤颤搜搜的音韵,陡然把那冷清清的客厅装满了悲惨的意味。——"好了。老周来了。不用"

那花窗帘上射着暗澹的月光。一钩新月在那青天碧海之中,似乎蹙着眉头听他吟诗。院子里面静悄悄的满阶花影,草虫卿卿的叫着,含着无限感慨似的。那时候屋子里雪亮的电灯,迷阵阵的烟气,大家倒闷着头看牌了。里边院子里面,两个老妈子走出来,一边蹑手蹑足的走着,一边低低的说话。一个说道:"今天太太不在家,我们去偷瞧一瞧打的是多少底的。"那一个说道:"大概同上两次一样罢。"说着走近窗前看了一回,回过身去走进里院子里去。一个说道:"周奶奶,你们南边人出来了这些年,难道不想回去走一遭吗?"周妈道:"回去么?我家里面倒也用不着我。我已经积了二十几块钱,今天头钱分下来不知道有多少,我再求求太太赏我几块,凑足三十块托人带回去,叫他们两口子圆了房,我家里也就没有什么大事情了。"那一个问道:"你嫡亲儿子成亲,怎么不回去走一遭呢?"周妈道:"哪儿有嫡亲儿子,我那小狗子是我小叔子的儿子,他们说一定承继给我。小孩子心又不向着我,这倒不用管他。我那小叔子还常常要来讹三诈四的。回去又有什么意思呢?在这儿五少爷虽然淘气,太太待我倒还不错,老陈近来又积了好些钱,所以我想料理我那小狗子和金大圆了房,就是一直不回去也不要紧。人家说养媳妇(即童养媳)没一个好的,真不错。我那金大真可恶,当着面'是,是,是',背过脸就做傻事,让他们两口子去好了。谁去管他们的呢?"那一个说道:"老陈么?我听见太太说要打发他走了。"周妈道:"真的么?为什么呢?"

"周妈!周妈!太太回来了。"周妈走出去。接着太太五少爷同着周妈三个人,走进里院子里去,一路说说笑笑。周妈道:"五少爷,公园里好玩不好玩?"五少爷道:"不好玩,那电影里又没有梅兰芳。"太太道:"周妈!今天又是谁在这儿打牌?"周妈道:"罗老爷,易老爷,还有一位我不认识。"太太道:"罗老爷么,讨厌东西!"说着就走进去了。外面车夫走进来在客厅窗外瞧一瞧,又缩出去。——"老陈!周妈叫你呢。"车夫道;"呸!贼骨头!你又欠打了。今天老爷总不出去了。你请我么?"——"请你请你。到什么地方去?"车夫道:"还用说么? 自然是那个地方了。"说着对着李贵笑一笑。两个偷偷摸摸的出去了。

天色慢慢地亮起来了。院子里的高槐顶上已经映着黄澄澄的太阳光。小鸟钩輈格磔的声音,满含着活泼的精神。窗帘上还映着电灯光,牌声越发响得厉害,窗外的曙光也越发亮起来了。停了一回,老爷送客出来,李贵刚刚眯着两只眼出来开门。只听得老陈说:"大少爷,要拉车不要?"老爷回过身来就遇着大少爷。问道:"你这么早就起来,又要到什么地方去了? 我给你说这两天不用到学校去乱闯,前天端阳你一天没有在家,忙些什么? 又是去看你那姓张的朋友了,我天天给你说不要以为人家多是同你一样的老实,剖肝沥胆与人家去结交,你总有一天上了当,才信我的话呢。"大少爷道:"不是,我到城外贾家胡同二姨娘那儿去。"老爷忽然瞧见他手里拿着一卷油印的纸,突然间问道:"呀! 那是什么?"大少爷道:"没有什么,这是讲义。"老爷道:"是讲义么? 可是你到了二姨娘那儿去了,不许再到别去乱闯。知道么? 这两天外头风声很不好,知道么?"大少爷应道:"是,是。"老爷上上房去了。大少爷一溜烟走出大门。胡同口一辆洋车停着,车夫在那儿打盹呢。大少爷跑过去就嚷道:"车夫! 车夫! 马神庙! 快一点!"跳上车飞也似的去了。

(二)

读者诸君! 诸君看完了上面一段,总可以知道,这样一个家庭是东半球的家庭,还是西半球的家庭,是日本的家庭,还是中国的家庭了。

人家说恋爱自由,中国人的恋爱格外自由;人家说家庭教育,中国人的家庭教育格外好。人家说妇女应当有参政权,中国的妇女参政权格外出奇。人家说社会问题劳动问题,中国人早已解决了。人家说世界眼光,中国人连太阳光都不愿意看。这许多不可名状现象,究竟怎么样会发生的呢? 我敢说多是知识阶级造出来的罪恶。

中国的知识阶级是什么？中国的知识阶级就是向来自命为劳心者治人的一班人。只要看一看《儒林外史》，就可以知道从明太祖以制艺取士以来，一般读书人，为社会所尊敬的程度了。因为知识阶级向来是被社会上所尊重的，所以一般社会所期望知识阶级的也格外隆重。一切问题，人家要求法律经济上的改革才能做到的，中国人只要盼望着有一个头品顶戴状元及第的人出来，大家靠着享点福就好了。于是知识阶级里的人，也只望自己能够做到这样一个人就够了，等到差不多到那地位的时候，就可以百事不做，养活一班无耻的同类，愚蠢的乡民就算尽了天大的责任了。一个人等到百事不做，那种颓放不堪的样子，我们只要一听见那句，"我们今天到什么地方去呢？"顿时就要毛骨悚然的受不住了。这样的人还要抱着"天生我才必有用"的主义，"以为亲戚交游光宠"的希望，假使他们的天才多发展出来，他们希望多达到了，中国的社会，又该是什么样子呢？还有一层，他们既然抱着这种主义，自然是有他们的梦想，日常起居饮食的事，多不愿意关心的。因此受他们经济上压迫的，并不是直接替他们服役的人，乃间接供给他们衣食——真正生产的人，于是养成一种欺诈的习惯。你说，当差的、车夫所受待遇极不平等，车夫和当差的自己一点多不觉着。老爷说："混帐东西！滚出去。"他就答应："是，是。"廉耻，人格，完全不算一回事；你骂你的，我总有我的法子，收回这被骂的代价。至于间接受他们经济上压迫的呢，又太无知识，不但不能自动，就是叫他们被动也是不可能的。所以现在所谓上等人呢，他所希望的，就是要这样一个老爷，下等人呢，他所希望的，就是要做这样老爷的当差的。十几年前，南边初办学堂的时候，那许多校长教员，现在多已经升官发财了，现在的呢？还是一批一批的来应文官考试。江以南稍为富饶一点的地方，乡下人聪明才能稍为出众一点的，多想跟着大老爷到任去。只剩着一无知识技能的人在内地做苦力，供给这班阔人浪费。所以形成这样的都市生活，别一方面，就形成那样的乡村生活。这样的万恶之源不塞，社会改革是永久无望的了。

（三）

中国知识阶级与家庭制度的关系，本是很密切的，因为他们所提倡的，往往能够左右社会的信仰。现在攻击旧家庭制度的人，已经渐渐的多了，然而以前所谓旧家庭制度——五代同堂，父为家君等信仰——事实上已经有一部分动摇了。这种制度动摇的现象，是否是一种革新的现象有呢？却又不是，欧洲的个人家庭一夫一妻家庭制度，传到中国来，立刻就变成一种势利主义。譬如江浙两广福建出门在外省的人，往往有实行一夫一妻家庭制度的，而且是多数，可是他的意思里面总含着这是我的能耐的意思，其实人家的能独立再娶妻是真正的独立，他们的所谓能耐——能独立——完全是第二段里面所说的希望和才能里出来的。他们这种心理，也是从那种升官发财的心理反映出来了的。至于下等社会的人，也就模仿这种心理去做。因为这种缘故，从家庭的分裂，推广到社会上去，好好的同一国同一社会的人，无端互相猜忌。父亲教诲儿子，哥哥教导弟弟，几乎家家一样，一定要教纯洁坦白的青年，做一个城府深沉，阴险欺诈的人。那许多要靠他们吃食的人，不教他儿学这些乖，怎么样能够吃得着他们的饭呢？

家庭制度的根本，就是婚姻。中国旧式买卖婚姻，现在还是盛行，所改换的不过一点形式。社会习惯的压力，非常之大，然而既谓之压力，必定是不自然的，于是一遇着罅隙，就要横决。这时候就很容易发生许多不正当婚姻。这些婚姻当真是不正当的么？他们是恋爱自由，当真是正当的么？他完全是为着肉欲，等到要担负子女的衣食教育，也就视若无足重轻；他本来是为着肉欲，自己的生活是颓放惯的，所以上等人呢，就是"早完婚嫁待君来"的主义，下等人呢，就是童养媳，就是早婚。这还"不是不知道人生在社会的责任"所生出来的结果么？有了上面所说的家庭制度和婚姻制度，所有父子、婆媳、兄弟的关系，当然是不能好的了。父亲要维持他"家君"的尊严，就造成子弟的欺诳；戕贼子弟，要专心纵欲，就抛弃他对于子女的责任。其余的也可类推了。

人家说一夫一妻家庭制度，是要社会上健全分子增多，寄生的人减少，他就当他是势利主义；谁的欺诈无耻的手段高妙，谁有福享，父子兄弟不必多管。人家说自由恋爱，是要求精神生活的改善，他就当他是兽欲主义，尽力的发挥。照这样下去，恐怕世界上所有的一切好名词，都被中国人用坏了。

（四）

　　上面所说的，不过要说明旧道德的崩坏和旧制度的动摇，并且证明旧道德的崩坏，并非新学说的影响，是从旧道德原有的缺点上发生出来的，旧制度的动摇是受旧道德崩坏的影响，不过外来的新学说刚刚迎合他的弱点罢了。不过这是从一面的观察，还有一面呢，就是新的发展，因为受了这个影响，进步非常之慢，这是我们不可不注意的。

　　旧道德的崩坏是五六十年以前的事，为什么新的学说、道德还不能代替他呢？最大的原因，自然是受外国经济上的压迫。其第二原因，就是中国人的信仰心，受了旧道德——干禄主义、无为主义——的影响，一概变成干禄之具，自娱之品，有用的立刻变成无用的，有益的立刻变成有害的。要说他是固守旧道德，却未必有这样的诚心，如其不然，为什么洪宪帝制不成，张勋复辟，又不成呢？人人心上都存着"如其项城登极弄他一个上大夫中大夫做做也好；如其宣统复位，弄他一个大理卿度支部侍郎做做也好；如其民国再兴，再做一任某某省长也好。"这拥护旧道德么？你看！现在反对"新"的人有几个，他们没有诚心来拥护，也没有诚心来推翻。所以困难就在这个地方。所以我主张攻击旧道德并不是现在的急务，创造新道德新信仰，应当格外注意一点。攻击旧道德的力量应当居十分之四，创造新道德的力量应当后十分之六。创造新道德就是攻击旧道德，有创造再有研究，只有攻击没有创造，就只能引起怀疑，因此每每发生误会。不过这新的界限本来不能十分清楚，我们只要认定这个步就是了。我很希望中国少出几个名士英雄，多出几个纯粹的学者，可以切实确定我们的新道德、新信仰，第一步先救救现在这样的知识阶级里的人。

　　我这一篇不过就我平日的感想，拉杂写来，很没有系统，没有研究，还望读者原谅，如其能够见教，更感激不尽了。

中国的劳动问题？世界的劳动问题？

（一九一九年十二月一日）

中国的劳动问题已经有了研究的价值没有，现在还是一个疑问。为什么呢？现在的人常说，中国一定不会发生资本家和劳动家的冲突，因为：第一，中国没有大地主和大工厂；第二，中国的真正工人——有专门技术的，有固定职业的，人数很少，并且他们没有组合的知识、能力和组合的机会。这句话从表面上看起来，未始不对，所以我们要研究这问题不免有许多困难，即如我现在所提出来的几件琐屑的事，究竟是不是劳动问题，我自己暂且不决定他，请读者诸君想一想，代我下一个最后的断语。

北京的车夫小工，他的生活是什么样，我们每天走出大门就可以看见。他们能赚到几个钱，一家老少都靠着他们过活，物价一天高似一天，能保没有一天，侵扰社会的安秩序么？我一个同乡亲戚还替我说起一件事。他到前门外去买一顶帽子，铺子里就拿一顶库缎帽子给他，说这是七十六个铜子。他觉得便宜得奇怪，就问他的缘故，铺子里的人就说，我们是初从外州县来，不是这样，万万挤不过本京的铺子，我们的材料一点多不能比他们差。我们的成本，就便宜在人工上；我们帽作里人，每人每月四块钱，管他吃饭，每天从早晨七点做工起，到晚上十一点钟止，可就比人家便宜多了，所以我们能够有这样的市面。这北

161

京帽作里的工人和北京的东洋车夫,一个是一天做十六个钟头的工,一个是一天拉十二三个钟头的车,还要半夜三更露宿在外面(据叶德尊君的调查,见《新中国》第一期)。以帽作工人而论,现在还是一种手工业,因为受了经济上的压迫,已经是这样困苦的生活,将来机器的应用多起来,这般手工业者的劳动竞争,又是什么情形,他们还有活路么?以车夫而论,他们的劳动本来不是正当的,又不是生产的,又不是制造的,也不是司用机器的,不过是托庇了大人老爷先生们的福,做一种转运机械,对于社会经济上,积极方面,一点影响多没有,消极方面,倒可以于社会经济上,生极大的恐慌,现在徒然叫他们自己的生活艰难到这步田地。他们的生活既然如此困难,可以算受了极恶的待遇,他们精神上的堕落,又要到什么地步呢?难道这个对于社会一无关系么?

以上所说的,还多不是直接生产的劳动。北方几省农人的生活,我不大知道,如江苏、浙江、湖北等省的所谓乡下人的生活也就可想而知了。他的最大原因,就是缺乏科学知识,一味的听天由命,一遇着水旱荒歉,就只得卖妻鬻子,当叫化子,所以江南人有"凤阳婆"的俗话(凤阳地方,差不多年年荒歉,那地方上的人就往江南走,做苦力,女人小孩子,沿路讨饭,孕妇就沿路生孩子。这样的人也不只凤阳地方来的,总称做逃荒的",差不多年年秋天有一批到江南)。农家女子除掉帮着做田工以外,养蚕就自己缫丝,种棉花的就自己纺纱。半夜三更点着一盏豆油灯工作。现近来十几年,丝业受到了茧行的垄断,自己养蚕的往往因为桑叶贵,到头来还是得不偿失,白辛苦一场。纺纱的受到了日本纱进口的影响,度纱(手纺的纱)渐渐地跌价渐渐地少了;农家女子到纱厂里领纱回来做的很多,这许多纱大概是为都市里大洋货铺子或者小规模的纱厂所消纳的,也渐渐地有技术上的竞争发生出来,生活也就一天一天难了,这不但是农家女子,就是都市里也很多。一方面生活一天难似一天,一方面消费一天增加一天,现在在江浙一带,连穷乡僻县里面,外国货奢侈品的销路多慢慢地扩张了。外货的输入和国内原料的输出,就把中国劳动界的生活弄成这种不可思议的情状。这不能怪他们只爱外货只爱好看,经济上受了外国贸易的影响,生活是难了,物质上增进了许多虚伪的文明,精神上一点补救没有,创造力一点多不能增进,生活上一点多不能改善,这是当然的结果。

中国是一个农业国，农业可以不注意么？要注意农业，农业劳动者的生活可以不注意么？就是手工业——中国现在的手工业者的生活也应当大大注意。现在各国的工业、商业发展到这种地步，大战以后，他们的眼光更全然注在远东方面，中国有了如此之多的原料，自己不能开发，人家决不让他埋在地下的，恐怕到那时候，立刻要生出民族与民族间的阶级问题来，世界的和平——劳动问题的根本理由在那里。我所以要说：中国的劳动问题不是单单劳动界本身的问题，是中华民国全民族的问题。现在欧美劳动界对于资本家的要求，可以说他就是对于中国民族的要求。怎么说呢？劳动界的不平，完全是资本家的专横压迫出来的，资本家要行他的经济侵略主义，所以要用劳动者来做他的机械，资本既然拿人当做机械自然越便宜越好。从前经济上的"重商主义"、"保护干涉主义"、"自由主义"多是经济侵略主义的一种手段，多是对外贸易上的问题。如今由"自由主义"的结果，发生现在劳动问题，所以也可以说劳动问题是间接从对外贸易发生出来的。不过一国内的资本家所会怀抱一种经济侵略主义，必定是别一国有可以被侵略的资格，现在的日本就是一个好例。如若世界上经济的发展得有一种近似的平衡，资本家也就不用再竭力的压迫劳动界，去行使他的侵略主义了。现在中国放着白茫茫一片大地，怎么能够叫人家的资本家不眼红，中国要是能够发展，世界上经济的平衡可以好一点，全世界的富力增加一点，供给和需要可以调剂一点，各国劳资的协调可以增进一点。所以我要说：各国劳动界的要求是对于中国要求的。他们对于中国要求什么？他们要问问中国人：你们为什么不能自己开发富源？使我们的生活总是供不应求，使我们的资本家常抱着对于你们的野心，常常压迫我们替他多做这种侵略的利器。你们为什么不替世界上做工——不替自己做工？使我们每天有极长的时间来做制造种种东西供给你们。中国人把什么话回答他们？

唉！他们的极长时间——十点钟，中国北京帽作里的小工要做十六点钟的工，上海浦东陆家嘴英美香烟厂的女工要做十六点钟的工。中国人多做工还不能自顾，何况要去顾到别人。这个原因虽然甚多，最要紧的就是缺乏科学知识吃力不讨好，其次就是藏着富源不去开发，尽做费力不生产的事。因为第一个原因，所以会发生北京担烘夫为着警厅叫他们做烘桶盖而罢工的风潮；因为第二个原因,所以有各处洋车夫问题发生,还有像天津裁缝匠罢工风潮的一类事,这才是中国劳动问题呢!我们要解决这些问题,非进一步着想不可。所以中国现在要振兴实业,使用机械,一定要具备两个条件:每一要叫他们的知识欲增进,去求科学上的知识,就不能不想法改善他们的生活状况,使他们有余裕去救精神上的安慰,知识上的增进。第二要叫他们有求学的机会,求学的能力,像山东周村工人青年会的办法很好,果真各处穷乡僻县多有这种有志的青年去帮助他们就好了。不然呢?只有照着政府间接解决劳动问题"惩治盗匪法展期三年"的办法。解决得了么?

我究竟要问一问:读者诸君!这能算是中国的劳动问题么?和世界的劳动问题有关系么?

我对于劳动问题的研究很浅,又没有精密的调查可据,不过就眼前的事情说说,还要请读者请君指教。还有一种头目制度、包工制度和徒弟制度是中国劳动界普遍的现象,《解放与改造》上已经说过,我暂且不说了。

知识是赃物

（一九一九年十二月二十一日）

（一）

　　知识是什么？知识两字的意义本来很广，从最高深的学识到最普通的常识都可以说是知识。平常说"这个人一无知识"，难道这句话的意思当真是表明"这个人没有知识么"？就像说"这个人没有道德"一样，并非说他没有道德，不过说他的道德不好，讲到知识也是如此，并非说他没有知识，不过说他的知识少；若是一个人可以说他没有知识，必定他已经死了，或者是木偶石像。

　　既然知识有"多"、"少"的区别，有"有"、"没有"的区别，那么知识一定是要量性的。我们现在把"多""少"、"有""无"来表示知识的量，本来不精确，不能显明知识的本质，不得已再换一句话说明他，就是：识域有"大"、"小"的区别，识域大的他的知识就多，广，高深；识域小的他的知识就少，狭，浅薄。我们在事实上不能不承认这个人知识多，那个人知识少，这件东西有知识，那件东西没有知识，我们就不能不承认识域有大小的区别，我们更不能不承认知识是可属性的。知识既然是可量性的，又是可属性的，我们因此可以分析出来看做：这人知识多，那人知道少，仿佛知识是一种所有物。知识果真是一种所有物么？为什么这个人知识多，那个人知识少？为什么会有这个人知识多，那个人知识少的区别？知识多的人用什么方法得来，知识少的人因为什么失去？这几个问题怎样回答？

蒲鲁东(Proudhon)说：财产是赃物。财产的所有主就是盗贼。他这句话是解答下列的问题的：财产一种所有物么？为什么这个人财产多，那个人财产少？为什么会有这个人财产多，那个人财产少的区别？财产多的人用什么方法得来？财产少的人因为什么失去？我们既不应当把财产当做所有物，更不应当把知识当做所有物。财产不过是一种工具，用来维持生命改善生活的工具，应当由使用工具的人来管理，所以凡是要维持生命改善生活的人都有使用这工具的权利。知识也不过是一种工具，用来维持精神的生命改善精神的生活的工具，所以凡是要维持精神的生命改善精神的生活的人也都有使用这工具的权利。生命和生活的权利是应当平等的，精神的生命和生活的权利当然也是应当平等的，因为这两件事只是一件。那么，如若把知识当做一种所有物，就是盗贼明抢暗夺的行为，侵犯人家的权利的行为。我们可以暂且设一个假定（Hypothesis）：知识是赃物。

（二）

我们再来研究：知识私有制的制度，知识私有制所以能存在和继续的原因，废止知识私有制的方法。

一、知识私有制。知识私有制这个名词似乎是新鲜的，其实从上古一直到如今，永久继续，可以说一刹那多没有间断。我们只要看一看历来研究知识的方法，授受知识的方法就可以知道了。

最初，知识没有限度，即使有限度，也不是人为的，然而这时的知识也不发达，因为他渐渐的发达，所以他的私有制也就渐渐的发达了。

神学时代，知识私有制，在表面上看来，发达到极完备的了。欧洲中古教会教育，垄断知识的态度异常明瞭；中国古代学术出于王宫一说，虽然不甚正确，然而"非仕无所受书，非吏无所得师"，胡适之先生也承认他是事实；印度哲学的圣教量更是显而易见的了。然而这时代的知识私有制不过是物质上的、形式上的，他只限制人去学或是不去学，他只限制人的知识，叫他不发展，他终竟不能叫能发展知识的不去发展。神学时代之后的形而上学时代，那知识私有制就更

166

进一层了。

形而上学时代,知识私有制,就移到精神方面来了。形而上学者研究知识的态度,总是先有一个大前提——不可思议力。所以不论他们讨论的是什么,甚至于就是平常日用的事物,他们说:这么样就善,那么样就恶,这么样就乐,那么样就苦。一概都是玄之又玄,只有他们自己知道,人家终究是莫名其妙。这简直是叫人家要去求知识而不能求。现在已经渐渐的从形而上学时脱离,到实验哲学时代了。

实验哲学时代,知识私有制是一方面破坏,一方面建设。破坏的一方面,当然是因为实验哲学用归纳的解释法来解释一切,使人家对于各种知识多有一条明瞭的途径可循,的确解放了好些。然而在建设的一方面,又因此用许多科学的律令科学的定义,把这知识私有制弄得壁垒深严,譬如从手工业制变成工厂制,使劳动家更苦,就是非经过多年的专攻,不能得到一种知识,不能使他到事实上去。不过这种现象大半就是因为用来破坏私有制的工具不良,不够用,所以反而有建设起来的趋势,可以渐渐的设法救济的。然而因此生出来的不平等现象已经很可惊的了。讬尔斯泰曾经说过:你们用现在这样的宗教哲学科学文学去讲分工,去做劳动家的劳动的代价,是欺诈的行为。你们说:"劳动家阿!你们劳动着,我们就可以有空闲的工夫,来研究宗教哲学科学文学,做你们精神上的慰藉品,我们将要这样报酬你们,你们快快替代我们去劳动。"但是劳动家向你们要这慰藉品的时候,你们究竟给了他们多少? 他们永久不会相信你们的。

二、知识私有制:所以能存在和继续的原因,和知识私有制何以能存在和继续呢? 大概有两种原因:(1)私有冲动,(2)使用方法不良(这两种原因和财产私有制的原因相同,财产私有制的原因是:(1)利己心,(2)没有公有财产的好方法)。第一种原因,是和财产私有制相比附的,因为人类的财产是私有的,所以私有的观念因生活的环境而非常清晰。"我的,我们的,我家的,我国的,我们人类的",没有一件不是公认为合理的。所以有"我的知识多,学问好;这是我的意见;这是我想出来的"等等观念。第二种原因,是没有公有知识的好方法。我们传达意见,记载知识唯一的工具就是语言文字,这语言文字就自古至今没有能合用,那么,知识怎么会正确呢?我心上所知道的,我口里所说的和我笔下所写的,本来就不相符合,人家听见我的话,看见我的文章,他心上所知道的——所懂得的——当然不是我所知道的了。《大乘起信论》上说:"言说之极,因言遗言。"我们所用的语言文字,常常互相转注,其实和"实在"永久不能相符,只有"这件东西是那件东西"的解说,永远不会有"这件东西就是那件东西"的事实。这就是我们用来表示事物的符号不够用,所以只好自己知道自己的,知识就成了私有的了。

三、废止知识私有制的方法。我们既找出知识私有两个重大的原因,多是很远的远因,就可以觉着废止知识私有制的困难,只能用渐进的方法了。怎么样呢?对付第一种原因,我们应当改变人生观,一切"我"的观念一概抛弃:非但对于有名人的意见不要盲从,并且不要故意立异;非但对于无名人的意见不要轻忽,并且不要故意容纳。在客观上,我们可以承认经济上的关系——财产私有制——有较大的力量,在主观上,我们不应当勉励,并且可以去掉为求知识而求知识的观念,去实行泛劳动主义。对付第二种原因,我们应当竭力设法改良记载知识的符号——语言文字;使一件东西有一个名词,——科学上的名词尤其要紧,我们听见这个名词,我们就有对于这件东西极清晰的观念,研求知识的人授受多没有十分困难。在现在中国语言文字极不正确的时候,大家研求知识,语言文字上的争论,愈少愈好。(《星期评论》第二十七号犬儒君的《精神团结和韬晦》一篇里所提出来的"不相谅解"和"爱出风头",也包括在这两个原因内,我这一段话,也可以说是专对现在的革新家说的。)

(三)

从上面所说的看来,知识的私有如此长久,知识的私有如此明显,知识有如此不得不私有的原因,似乎私有知识也是一种不得已的事情。然而因此我们可以看得出:知识本来是普遍的,无限度的。(1)一切宗教哲学科学文学的知识,是依于全人类意识的潜势力而进步的,不过是成熟的时候偶然借一个人的著作发表出来。一般什么教主、学者就据为己有了,其实某种教义,某种学说,多是经过很长时间,很大的空间,随时随地随人所感受的缺乏或需要而发生的。这些知识多是全人类意识的出产物，一定不能认为一种所有物的。（2）因为教主和学者认定这些知识是他的，一般人也承认这些知识是他的，有所谓宗教的信条、学派、家法、秘传，所以要说这个人知识多，那个人知识少。（3）更因为信条、学派、家法、秘传养成知识上阶级的遗传性，所以会有这个人知识多，那个人知识少的区别。（4）更因为有了这种阶级，知识少的人就因此更少，知识多的人就因此更多；知识少的人因为知识多的人要增轵了私有的知识而专去求知识，所以不得不加倍劳动，抛弃他的精神生活，以致失去他求知识的能力；知识多的人就用掠夺人家时间——像托尔斯泰所说——的办法去求得知识。

我们因此简直可以说：知识就是赃物，财产私有制下所生出来的罪恶。废止知识私有制，就是废止财产私有制的第一步。

社会运动的牺牲者

（一九二○年一月十一日）

现在"解放""改造"的呼声一天高似一天，觉悟的人似乎应当一天多似一天了。果真么？对于这一点怀疑的人一定不少，我可以信得过的。

解放是什么？改造又是什么？多不过是改良社会的一种目的或者简直是一种手段。我们想改良社会，最好是要能做到根本改革现社会一切组织的一步，那么我们应当先研究改革的制度——要改革到如何地步，再研究改革的方法——怎样去改革。可是要问一问：究竟谁去改革？假使没有人改革，以上两问题只能暂且搁起。改革是谁去改革？应当是全社会的人去改革，可是社会是由许多个体集合成的，所以实际上社会的变动总是先起于一小部分——牺牲者。一小部分的变动渐渐波及全体，改革的运动，才能完全达到他的目的。

到那时候，庶几能算是改革运动成熟的时候。从文化运动，直到社会运动，中间一定要经过的就是一种群众运动，看近来中国的情形，就可以知道了。

中国固然是经过了各种情形，现在止到了群众运动与社会运动杂糅的时代。其实所谓社会运动往往仍旧是群众运动的性质。而改革社会又不能单靠一时的群众运动，所以就不能不注意社会运动。社会运动可以包括各种事情，制度的改革，习惯的打破，创造新的信仰、新的人生观，都应当大大的注意。不然呢，连群众运动的效力都要消失。

何以说不能单靠一时的群众运动呢？因为改革社会非创造新的信仰、新的人生观、改革旧制度、打破旧习惯不可，而这件事决非一时的群众运动所能做得到。也决非有群众运动之性质的社会运动所能做到。

所谓群众运动之性质，就是根据于群众心理的一种群众运动之性质。吕邦说：群众心理的构成有四个主要特征；一，各个人意识的个性消失；二，无意识的个性消失；三，暗示及传染的结果构成群众内人人感情思想趋向于同一方向；四，被暗示的思想直现于实行上。他在《革命心理》上又说：群众心理的特征是无限的轻信心，极端的感情，没有先见，不受理论的支配，不为真相实验所动。他的学说，虽不是完全对的，而在一时的群众运动，确有这种心理，而且是普遍的。

假设一种社会运动有这种性质的——根据这样的群众心理的——，要他去创造新的信仰、新的人生观，改革旧制度，打破旧习惯，无论怎么样也做不到，就因为以一时的感情思想去感动群众容易，浸染永续的信条入群众心理就难，而永续的信条有一天确立于群众心理之中，要再拔去他也难。中国现在的社会运动多少带一点这样的性质，所以要希望现在这样的社会运动来切切实实改革社会，是一件很难的事；不但如此，现在所谓社会运动的心理里还包含多多少少的旧信仰、旧人生观，怎样能够去根本的改革制度，打破习惯。这一种社会运动本来不是创造新的人生观、新的信仰，打破旧习惯，改革旧制度的运动，就因为他带着群众运动的性质。

固然，一种社会运动往往跟着一种群众运动发生出来，或者，两种运动同时并发，至为呼应；然而，完全本着群众运动的心理来做社会运动，究竟是不相宜的。而且，在这样的社会运动里，那运动的牺牲者——改革社会的人，因为本着群众运动的心理来做这种运动，因而牺牲，也只是徒然牺牲，毫不能达到他所以肯牺牲的目的。牺牲者既然徒然牺牲，这所谓改革社会的人，简直是并没有去改革；简直可以说，没有改革的人，又何从谈起改革的制度、改革的方法呢？

群众运动需要一种牺牲者，社会运动亦需要一种牺牲者。以群众运动的牺牲者的性质，来做社会运动，他的牺牲就要完全丧失他的效用。假使，这种社会运动带着群众运动的性质，他的牺牲者当然就有群众运动的牺牲者的性质，因此这种运动始终不能显出他的效用来。而群众运动的牺牲者，本着那样的心理去牺牲,在群众运动是有效用的,而在社会运动就不然了。

群众运动的牺牲者为什么愿意牺牲呢?就是根据着群众心理。本着群众心理"构成"的主要特征,他被暗示而愿意去牺牲。本着群众心理的特征,他抱着极端的感情,随意轻信而竟去牺牲,如何能创造新的信仰、新的人生观,改革旧制度,打破旧习惯呢?他个性消失(无意识的个性优胜),被狂乱虚浮的暗示,不能确立新的信仰、人生观,他所抱的无限的轻信心,极端的感情,倒是导源于旧的制度、习惯。如此看来,为着创造新的信仰、人生观,改革旧制度、习惯,不能要群众运动的牺牲者,而另要一种牺牲者——社会运动的牺牲者。

社会运动的牺牲者,要去做社会运动,应当没有无限的轻信心,没有极端的感情,不受无意识暗示,而有积极的怀疑心,有沉静的研究心,有强固坚决的毅力。他因怀疑而觉悟,研究的结果就能创造新的信仰、人生观;毅力的坚决就能打破旧的习惯、制度。他因此能不受旧社会力的暗示,觉着不得不打破旧的习惯和制度,因而牺牲"旧习惯所生出来"的快乐牺牲,"旧制度所生出来"的利益;觉着不得不创造新的信仰和人生观,因而牺牲精神去研究,牺牲旧社会的虚荣去实行了,甚至于牺牲性命。

况且,愿意牺牲的人必定有他的绝对不肯牺牲的东西,或者他的绝对不能牺牲的东西——群众运动的牺牲者绝对不能牺牲他的狂热的感情,社会运动的牺牲者绝对不能牺牲他的积极的怀疑心,他们绝对不牺牲他们的人格——才能去牺牲。假使没有一件不能牺牲的,又何必要求"解放"和"改造"呢?只看他所不肯牺牲,不能牺牲的是什么,是否可以拿来供改革社会——创造新的信仰,人生观,改革旧的制度,习惯——之用,是否对于改革社会有较大较好的效用,还是狂热的感情呢,还是积极的怀疑心呢?就可以知道他的牺牲对于改革社会有何等样的价值。

真正的社会运动的牺牲者本着他的精神去随时随地的牺牲,就能一方面自己解放,一方面自己改造。而且从他的牺牲而所做的社会运动,影响于别人的时候,就可以得到真正的解放,真正的改造。不致于仅仅用一种无意识的暗示而用一种诚挚的劝导,不使人盲从而使人怀疑。这样去改造别人,解放别人,只有真正的社会运动的牺牲者。

凡是一种群众运动之后，必定要有继续他的社会运动才能显出他的效用。中国现在所需要的就是真正的社会运动，不带着群众运动之性质的，所以这种真正的社会运动牺牲者，在现在的中国是非常之需要的。

社会与罪恶

（一九二〇年三月一日）

　　我现在讨论这个题目，一动笔就发见一个很大的困难。"罪恶"究竟是什么意义呢？罪恶的反面就是功德。有"罪恶"就有"非罪恶"，有"功德"就有"非功德"。所谓功德，所谓罪恶，究竟以什么为标准而定呢？"功德"的抽象的意义是"善"，"罪恶"的抽象的意义是"恶"。"善"、"恶"的标准是固定的还是非固定的？假使是非固定的，那么，所谓功德，所谓罪恶，他们的标准也一定是非固定的。诚然不错，所谓功德，所谓罪恶，都是以时以地而不同的；时代不同，所谓功德罪恶也不同，地域不同，所谓功德罪恶也不同。然而所谓功德罪恶，果真没有共同的标准么？假使真没共同的标准，怎么又有所谓"不同"呢？其所以能显得出那"不同的差异之点"，毕竟是有了一个共同之点，因比较，因变易而显出来的。那共同之点是固定了，而外部物质的现象是变迁的，因外部物质的现象（社会的组织，政治的关系）变迁了，原来的功罪标准不能与那共同之点相符合，因此那原来的功罪标准不得不变更，这才显出那所谓"不同的差异之点"。我的意见以为这功德、罪恶的"共同的固定的标准"，只是"爱"与"不爱"。"爱"就是"善"，"不爱"就是"恶"。因"爱"，故有所谓"功德"。因"不爱"，故有所谓"罪恶"。何以故？以功德罪恶不能离对人的关系而说故。

　　既然功德罪恶的标准以对人的关系而定，就不能不以"爱"与"不爱"做他的目标。就是：爱人是善，不爱人是恶。能爱人是功德，不能爱人是罪恶。爱社会而有利于社会,就是功德。不爱社会而有害于社会,就是罪恶。所以"德功罪恶"是个人对于社会的行为之解释。这是第一层的意义。然而仅仅以有利于社会为功德,以有害于社会为罪恶,以有利于社会为能爱人,以有害于社会为不能爱人,仍旧不能诠释"爱"的真义,也仍旧不能作为功德罪恶根本上的标准。所以我们进一层推论。所谓对"人"的关系,这一个"人"字是广义的,是绝对的,是由理解的"我"所认识的对"人"就是对"社会"。"我"是由"社会"陶铸而成的。"社会是由"我"扩大而有的。对"社会"就是对"我"。所以对"人"就是对"我"。所以对"人",对"社会",对"我"的罪恶是同样的罪恶,无可轩轾。没有对待的关系固然决不能有内外、先后、人我,一切时间、空间的差别,更不能有是非、利害、善恶、爱恶,一切事实上心意的判别,当然不能有所谓罪恶,有所谓功德。所以能不以对人的关系定功罪的标准。既以对人的关系定功罪的标准,因此以"爱"与"不爱"为功罪的枢机,而所谓对"人",既然是包括对"人"(社会)对"我"(理解的我)两层意思;当然不是"个人对于社会"的片面标准,不是以个人"爱"社会,或个人"不爱"社会为功罪的判别;而是以绝对的"爱"与"不爱"功罪的"普通的双方的标准"。"爱"是绝对的。"不爱"也是绝对的。何以谓之绝对的"爱"?"爱"——绝对的,是"直觉",定人生的现象,与人以最大幸福,如此的"直觉",人人都认识得的。因此,一、这所谓"绝对的爱"既然是人人都能认识的,为什么又有因违背这个"绝对的爱"而造成"罪恶"的人呢?为什么又有因违背这个"绝对的爱"而造成"罪恶"的人呢?二、"绝对的爱"是功罪的标准,这个标准又是普遍的双方的,那么,"个人"不爱"社会","社会"不爱"个人","人"不爱"我","我"不爱"人",我的行为有害于"社会",社会的影响有害于"我",是不是同等的罪恶?由此推论:

(一)"我"不爱"社会""我"的"罪恶"是同等的

"社会"不爱我""社会"是"罪恶"。

(二)"我"的行为有害于"社会"

而我为不爱"社会"是同"我"的"罪恶"。"社会"的影响有害于"我"等的"社会"是"罪恶"。而社会为不爱"我",

(三)"我"的行为有害于"社会"

使"社会"失去表显"绝对的爱"的能力,是同"我"的"罪恶"。

"社会"的影响有害于"我"等的"社会"的"罪恶"。使"我"失去表显"绝对的爱"的能力,(从"罪恶"到"非罪恶",到"非功德",直到"功德",都是如此推嬗出去,不过是程度深浅的差别而已。)而且所谓我的罪恶与社会的罪恶之间,分明的区别并不是容易显出来的。社会影响的势力,个人行为的势力,孰大孰小?从表面看来,社会的影响固然有伟大的势力,而个人的意志也有伟大的势力。两者互相抗拒其实就是互相迎合而显出一切现象(社会的组织生存的关系),于此一切现象之间,有所谓功德,有所谓罪恶。所以"功德罪恶"是个人与这社会相互间的影响之征象,这是第二层的意义。

这是以"爱"——绝对的"爱",为功德罪恶的标准,并不是以某种社会(或家,或族,或民族,或国家,或人类),对于他的各个分子所定的规律(法律的条文,道德的定义,宗教的戒律都是如此),为功罪的标准则推论出来的。然而所谓某种社会对于他的各个分子所定的规律(法律,道德,宗教),也不免根据于这个"爱"——绝的爱。其所以不免于有违背这个"爱"的地方,只是因为时代、地域的变迁而呈显出来与这个"共同的固定的标准"——"爱"——不相符合的。象。何以故呢?因为这个"爱"——绝对的爱——是无前际,无后际,人生的对象所以确定,人生幸福,所由流出的。这个爱是伟大的,普通的,万能的心识。凡是组成社会的"人",合成宇宙的"物"都不能超出他的范围。现在,人的社会里,一切法律、道德、宗教不过是社会的物质的现象,如何能超出他的范围呢?又因为这些物质的现象有时代的固有性,地域的固有性,常常阻碍"爱的发展,所以世俗的功罪标准就认定了这些物质的表面的现象,因此违背了实际的真实的道理,而有不能相符合之外。

大概一切法律、道德、宗教根据于第一层意义的居我,而根据于第二层意义的也随处可以发见。

(一)法律上的罪恶观。法律,普通指国家的法律而言。国家不是较大的社会么?有害于国家的都算是罪恶。一切杀、伤、奸淫、掠夺、强占、欺诈,都认为危害国家的罪恶,所以法律上的罪恶观大都是根据于第一层意义。然而也有许多法律上所认为罪恶的,由抽象的看来,很合乎第二层意义。至于因时代的地域的不同（相违）而竟失去第一层意义的法律，更可不必论了。

（二）道德上的罪恶现。道德上的罪恶象不爱国、不忠、不孝、不悌，固然完全是根据于第一层意义的。而所谓仁、恕、义、正直、信实，就打破了一切人、我、家、国的范围，凡是违背这些美德的，不论他有利于国家与否，一概都应该认为罪恶。确是能表显那伟大的绝对的爱，确是根据于第二层意义的。至于依习惯和舆论的势力，在事实上苛求，因此压迫个人的意志，那就不免有时竟致于失去他的第一意义。

（三）宗教上的罪恶观。宗教上的罪恶观，大概根据于第二重意义的居多。因为宗教的真实意义没有不根据于"爱"的，而且偏重直觉——信仰——的意义。然而像犹太的宗教——选民的宗教，罗马的国家教，中国的祖先教，日本的神道教——天皇即神的宗教，他们的罪恶观都不免落于第二层意义上。至于单在于仪节、经典、戒律上着想，那就不论那一宗教，他的罪恶观都已失去第一层意义了。

总之，"罪恶"不能离对人的关系而说。所谓对人的关系就是"爱"——伟大的绝对的"爱"。

对"人""爱"，绝对的爱对"我"的"爱"对社会——是罪恶功德共同永久的固定的标准。凡是违反这个"爱"的都是罪恶。凡是能使这个"爱"的表显能力减少的，凡是能使这个"爱"的发展能力受障碍的，凡是能使"不爱"的现象延长的，凡是能使"不爱"的动机发生的——不论是个人的行为（广义的行为，淫杀、欺诈、忌嫉、瞋恚、痴堕），或是社会的影响（社会的组织，家、族、国、民族、人类，以及一切道德、宗教、法律的形式、条文），以致于由此成为风俗、习惯，一概都为罪恶，相互的同等的无所属的罪恶，对于"社会"的也就是对于"我"的，"社会"的也就是"我的罪恶"。个人的行为有害于社会而"不爱"社会的，像军人、政客、英雄、圣贤、匪人的行为，能扩大而渐变成一种社会共同的习惯的固然是罪恶。社会的影响（社会的组织，社会的制度）有害于个人而"不爱"个人的，像某种社会制度能造国际间阴谋的政客，专横的武士，强暴的资本家，贪污的官吏，淫荡的嫖客和妓女，怠惰的游民，虚伪的人，欺诈的人，因而发生国际间的侵略，民族间的嫉妒，阶级间的恐怖，友谊间的猜忌，以及一切精神肉体上的痛苦，种种恶劣的影响也未始不是罪恶。所以我的结论是：

（一）"爱"与"不爱"是功罪的"共同的永久的固定的标准"。

（二）功德罪恶是个人对于社会的行为之解释。

（三）功德罪恶是个人社会相互间的影响之征象。

（四）凡是违背绝对的"爱"的，不论是个人的行为，还是社会的影响，都是"罪恶"。

（五）凡是能涵有培养绝对的"爱"的意义之社会制度，都是唯一的良好制度——免除罪恶的制度。

（六）凡是能打破社会习惯（有害绝对的爱的社会制度等）的个人行为，都是唯一的积极道德——免除罪恶的道德。

文化运动——新社会

（一九二〇年三月六日）

"文化运动"现在已经成了一个新名词——最时髦的名词；可是，文化是什么？运动是什么？文化运动又是什么？这个问题好不容易解答。从"五四"、"六三"以来，种种运动，常常被人叫做文化运动，我们现在真不能知道这些运动是否文化运动，真不能知道这些运动能有什么样的结果。然而从事实上，表面上看去，的的确确是从个人的毕业运动、饭碗运动里解放出来，发展到社会的某种运动——或者是文化运动，或者是非文化运动——一方面去。

我们略略可以看得出来这些运动，这些参加运动的人都有一个共同的目标——新社会。（也许他们自己并不知道，并没有一定的意志；也许他们自己知道，可是不能具体的说出来。）固然，于客观的，一般的观察似乎是如此。然而真实能做改造社会的——创立新社会的——第一步，只有真正有实力的"文化运动"。我们所预期的"新社会"既然个是一篇文章、一部书所能说明的，我们就不能不慎重的思考，讨论研究，试验，实行，传播；直到能直接运动的时候，这第一步才算告终。那作为第一步底导火线已经燃着，就要看燃着后有没有什么发动。火线燃了又燃终是发不出来——那第一步的第一步做了又做，尽是不肯再往前进——如何能到第二步，更如何能到最后一步呢？

难道所谓"新社会"，仅只是比较"旧社会"里多了许多在街上演讲爱国的学生，多了许多次游街大会么？难道这些运动是真正有实力的么"从文化运动—新社会，中间须经历的过程有多少！大家务必要注意才好。

劳动底福音

（一九二〇年四月二十一日）

血！大地茫茫一片荒草，血肉模糊，是夕阳光映着，是太平洋水浇着，雪白的人骨。炸弹，枪炮，轰轰！迷迷糊糊昏昏沉沉烟雾障天，硝烟，硫磺气味；一粒粒米——一颗颗子弹怕！

汽车前的老虎眼射着洋车夫担粪夫发颤，吼声一响，吓死人呀？麻雀扑克骰子胡乱来一回——百万军饷还不够么？太太姨太太小姐锦缎纱绸裹着，胭脂雪花香油光润着，一个个美人儿似的——一层层人皮，一滴滴人血人膏丑！

幸福？人类的幸福？做梦呢！救救我们罢！

俄国人有个俗说："国王病了，下令全国，谁治好国王的病，国王就分半个国给他。许多医生商量，也商量不出来。后来一个医生说道：只要找着一个最有幸福的人底短衫给国王穿了，国王病就能好。可是那最有幸福的人必得没有丝毫缺憾才行。满国去找，找不着。一天晚上王子到乡下闲逛，走到一所茅屋，听得有人说道：'好了，工也做完了，饭也吃饱了，什么事都停当了。我还要什么？安心睡觉！'王子立刻派人去问这最有幸福的人要短衫。可是他——有幸福确是有幸福，却穷得连短衫都没有"

最有幸福的，只是勤苦的劳动之后。

劳动能给人以完全的幸福，幸福——劳动。

救我们的只有劳动！血呢？赤色化呢？

劳动！你是人类的福音。

劳动底福音。

世界底新劳动节，中国底新劳动节

（一九二〇年五月一日）

共和不成——罢工。

泼粪不成——罢工。

复辟派占领柏林，共和政府下令罢工——罢工却也由政府下令！结果是共产党主张继续罢工，他的势力更求扩张。张国淦垄断福州车辆联合公司，车夫数十成群商议抵制之法，——商议抵制之法，只是数十成群而已！——议欲挑粪泼涂张家门，——抵制之法，原来不过如此！——泼粪不成，才不得已而罢工，——原只是因为泼粪不成！——结果是还不知怎样，恐怕没有组织，没有基金的罢工，毕竟是自己吃亏。德国底罢工日期，没有能知道。（还有无数国无数地方呢。）福州底罢工日期，却是一九二〇，三，二十。

不论他，日期准不准，知道不知道，毕究都是大大的纪念。五月一日！五月一日！也不过是一个纪念罢了，又何必一定论日期呢？且看：

德国底罢工——是世界上一最大，或将是最厉害的，非生计问题，非境遇改善问题底罢工；是最大组织的社会化的罢工；是希望最大结果的，彻底实行共产主义的罢工。可惊！福州底罢工——是中国刚刚第一次最明显的受资本家企业压迫而生的罢工；是最无组织的，最无方法的罢工；是希望最小结果的，只求最低程度的境遇改善的罢工。可怜可惊！又有可怜！便怎么样呢？

内外

古人说内外有别，道理各个不同。丈夫叫"外子"，妻叫"贱内"。伤兵在医院之内，而慰劳品在医院之外，非经查明，不准接收。对外要安，对内就要攘，或者嚷。

何香凝先生叹气："当年唯恐其不起者，今日唯恐其不死。"然而死的道理也是内外不同的。

庄子曰，"哀莫大于心死，而身死次之。"次之者，两害取其轻也。所以，外面的身体要它死，而内心要它活；或者正因为那心活，所以把身体治死。此之谓治心。

治心的道理很玄妙：心固然要活，但不可过于活。心死了，就明明白白地不抵抗，结果，反而弄得大家不镇静。心过于活了，就胡思乱想，当真要闹抵抗：这种人，"绝对不能言抗日"。

为要镇静大家，心死的应该出洋，留学是到外国去治心的方法。

而心过于活的，是有罪，应该严厉处置，这才是在国内治心的方法。

何香凝先生以为"谁为罪犯是很成问题的"，——这就因为她不懂得内外有别的道理。